리노키스에게 알려주는 것은 기본 중의 기본이다.

"눈 깜빡이지 마. 순간이니까."

체내의 '기'를 전신에 두르고, 크게 한걸음 내딛은 다음,
내민 주먹 그대로 그것을 부딪쳤다.

하늘에서 내려치는 듯한 천둥 소리가 울려 퍼졌다.

주먹에서 발생한 뚫는 듯한 충격이 작은 호수를 달려나가며 ──── 둘로 갈라졌다.

부유섬에서 바캉스!

"잠깐! 잠깐만!
니아가 진심으로 던지면 안 되지!"

"말은 그렇게 하면서 안 그럴 거죠?
니아는 그런 사람이니까요."

"괜찮대도. 살살 할 거야."

"알겠습니다.
그럼 사양하지 않고
확실하게 말할게요."

고민을 뿌리친 듯한 리노키스가
똑바로 나를 바라보았다.

"저, 아가씨는……
영령 빙의라는 것을 더는
숨길 생각은 없으신 건가요?"

미나미노
Minamino

우미카제

Illust. 카타나 카나타

병약한 영애로 전생한 살신 무인의 화려한 무쌍담

흉란영애

3

Nia Liston

니아 리스톤

커버 그림, 본문 일러스트 | **카타나 카나타**

Contents

프롤로그		009
제 1 장	쉴 수 없는 여름 방학	012
제 2 장	그림을 사용한 새로운 기획	043
제 3 장	왕도의 일	093
제 4 장	영령(英靈)	116
제 5 장	모험가 데뷔	213
에필로그		261

리스톤가 정원은 언제 봐도 훌륭하다.

꽃이나 식물에 큰 흥미는 없지만, 가끔 이렇게 바라보는 것도 나쁘지 않다.

2년 전 정원사가 나를 위해 심어준 호무꽃은 멋지게 피어나 제 몫을 했다. 그 이후 매년 시즌이 되면 키운다고 한다.

"이렇게 둘이 같이 정원을 걷고 있으니까 아가씨가 휠체어를 타던 시절이 떠오르네요."

노집사 제이스에게 짐을 맡겨두고 느긋하게 정원을 산책하고 있는데, 리노키스가 그런 말을 했다.

"그러게."

내가 휠체어를 타고 있던 시절엔 날씨가 좋은 날이면 매일같이 이 정원에 나와 있었던가.

리스톤 저택을 떠난 지 아직 반년도 안 됐는데 벌써 그리운 마음이 들었다. 더 덧붙이자면 먼 옛날 일처럼 느껴지기도 했다.

그만큼 학교의 기숙사 생활이 바빴다는 뜻이겠지.

학교 기숙사에 들어간 후에도 매직비전에 대한 생각뿐이었다.

리스톤가의 재정 문제도 있고, 촬영도 있고, 새로운 기획 같은 것도 생각해야 하고.

주먹 하나로는 해결되지 않는 문제에 매일이 고민의 나날이었다.

"하아……."

한숨이 나왔다.

내일부터 또 주먹 하나로는 해결할 수 없는 촬영이 이어진다고 생각하니 우울해졌다.

기숙사 생활은 바빴다.

그리고 이번 여름 방학도 크게 다르지 않겠지.

분명 이래도 되나 싶을 정도로 빼곡한 촬영 스케줄을 집어넣을 것이 분명했다. 여름 방학이라고. 아주 거리낌 없이.

"여유롭게 지낼 수 있는 건 오늘까지겠죠."

왕도에서 본가로 돌아온 것은 바로 조금 전이다.

지금은 점심 식사 전 잠시의 여유를 즐기는 중이었다.

"주인님이 보내주신 편지에는 리스톤가에 돌아오자마자 바로 촬영이 있다느니 뭐니 하는 이야기가 적혀있었죠."

적혀있었지.

"얼마나 넣을 것 같아?"

"지금은 기숙사 생활 중이니까요. 입학 전에 비해 촬영도 많이 못 했고 이번 여름 동안 비축분도 많이 쌓아두고 싶을 테니까 꽤 빡빡하게 넣지 않을까요?"

……그렇겠지, 나도 그렇게 생각해. 빼곡하게. 조금의 빈틈도 없이. 신물이 날 정도로.

정말 주먹 하나로는 해결되지 않는 안건뿐이라 힘들다.

"하지만 여름 방학 마지막 5일 동안은 휴일로 하겠다고 약속했잖아요? 그때까지 힘내봐요, 아가씨."

그랬다.

여름 방학 마지막 5일은 촬영 일정이 없다. 완전히 쉰다.

부친과의 교섭도 끝났다.

마지막 5일 동안은 힐데트라와 레리아렛 두 사람과 왕족 소유인 부유섬에서 보내기로 한 것이다.

다시 말해 완전한 휴가였다.

최소한의 사람만 있는 조용하고 지내기 좋은 섬이라고 들었다. 그렇다면 조금만 벗어나도 수행이든 뭐든 자유롭게 할 수 있다. 하고 싶은 것을 자유롭게 할 수 있는 것이다. 던전도 있다고 하니 시간이 날 때마다 가보고 싶다.

이번 여름, 마음껏 단련할 수 있다.

나를, 그리고 제자 리노키스를.

그때까지는 촬영을 열심히 하자.

나의 여름 방학은 조금 더 이후다.

아직 먼 저편에서 햇빛이 타오르는 저녁.

"닐! 니아!"

"두 사람 다 어서 와!"

오라비와 담소를 나누며 테이블에 앉아 저녁 식사를 기다리고
있는데, 일하러 나갔던 양친이 빠른 걸음으로 달려 돌아왔다.

두 사람이 돌아오기에는 좀 이른 시각이다.

아이들의 귀성길에 맞춰 적어도 저녁은 함께 먹기 위해 일을 일
찍 마무리하고 돌아온 모양이었다. 변함없는 자식 사랑이다.

"다녀왔습니다. 아버지, 어머니."

"두 분 다 잘 지내셨나요?"

몇 달 만의 재회였지만 다시 본 양친의 모습은 변함이 없었다.
……조금 피로가 쌓여 있는 정도일까. '기'의 흐름이 아주 약간 흐
트러져 있었다.

저녁 시간에 맞춰 도착한 양친까지 합세하여 오랜만에 리스톤
가의 단란한 식사 시간이 시작되었다.

여러 이야기가 오갔지만, 화제의 중심은 역시나 격투 대회 방
송에 관한 이야기였다.

학교 내부 영상 덕분에 외부인 출입금지인 아이들의 생활 공간
에 발을 들일 수 있는 것이다. 부모임과 동시에 매직비전 관련 일

에도 종사하는 양친의 관심은 대단했다.

그 대회는 시험적으로 진행된 것이었기에 아직 다음 일정이 확정되지 않았다. 하지만 물어볼 필요도 없이 양친은 다음 영상을 기대하는 모습이었다.

나는 기획 결정권이 없기 때문에 아무 말도 할 수 없었지만, 내가 생각하기에도 다시 열지 않을 이유가 없다고 생각한다. 기획으로서는 대성공이었으니까.

"조금만 높았으면 입상이었겠구나, 닐."

과거에 어린 시절이 있었을 부친은 아들의 대회 결과가 자랑스러운 모양이었다.

격투 대회에서 활약한 오라비는 아쉽게 6위에 그쳤다. 시상대에는 5위까지만 설 수 있었다.

하지만 초등학부 3학년이 거기까지 갔다는 것만으로도 대단한 것이었다. 3학년과 6학년은 체격부터가 다르고, 심지어 중등학부생도 참가했으니까.

부친이 자랑스러워하는 것도 아마 그것을 알고 있기 때문이리라.

"니아도 일하는 모습이 정말 멋졌단다."

모친 역시 부모로서 오라비와 구분하지 않고 나를 언급해 주었다.

대회에 나가지 않은 나는 인터뷰와 잡일을 주로 맡았다.

실전에는 나오지 않았지만, 선수 소개 등으로 영상에 나왔던 시간은 오라비보다 더 길다. 그래도 뭐, 그런 칭찬을 받을 정도의 일은 하지 않았다.

"저는 평소대로 했을 뿐이에요. 그보다는 오라버니를 더 많이 칭찬해 주세요. 보셨지요? 열심히 애쓰는 모습을? 오라버니는 정말 훌륭해요."

"……그만해, 니아……."

오, 부끄러워하는 오라비 얼굴은 신선한데. 미모 때문에 파괴력이 상당하다. 옆에 서 있는 전속 시녀 리넷을 비롯한 저택 하인들이 동요하는 것이 느껴졌다.

"그렇군. 그럼 듬뿍 칭찬해 주도록 할까?"

"그렇지. 리스톤가의 후계자는 아주 훌륭하게 자라고 있구나."

"아뇨, 이제 그만해 주세요……."

나는 더 이상 양친에게 칭찬받고 싶을 나이가 아니다. 부디 내 몫까지 오라비가 충분히 받았으면 한다.

몇 달 만에 재회한 가족.

양친이 자신의 아이를 칭찬해 주는 평화로운 만찬과 그것을 아주 조금 떨어져서 보고 있는 나.

이런 시간도 나쁘지 않다.

무사히 식사를 마치자 무스 같은 느낌의 디저트가 나왔다.

"니아. 여름 방학 스케줄은 이미 정해졌니?"

눈치채지 못한 사이에 대화의 화제가 바뀌어 있었다.

지금 부친의 발언은 가족 간의 이야기가 아닌 일에 관한 이야기였다.

"내일부터 매일 촬영이 있다고 들었어요. 맞지?"

"네. 예정을 앞당긴 거라 적어도 2주 동안은 꽉 차 있습니다."

내 촬영 스케줄은 모두 리노키스가 관리하고 있었다. 뒤에 서 있는 그녀에게 확인하자 긍정의 대답이 돌아왔다.

여름 방학 이후──가을부터 겨울까지 방송하는 《니아 리스톤의 직업 방문》 촬영 비축분을 찍어둘 예정이었다.

그나저나 이런 질문을 하는 것을 보면 양친은 지금도 내 스케줄에는 관여하지 않는 모양이었다.

양친은 리스톤령 매직비전 방송국의 국장이자 경영자였다. 그래서 촬영이나 기획과 관련해서는 부서가 전혀 다르다.

정확한 스케줄은 아마도 내일 촬영을 나가봐야 알 수 있을 것이다.

"모처럼 돌아왔는데 쉴 틈도 없구나. 너무 그렇게 애쓸 필요는 없어."

"상관없어요. 좋아서 하는 일이니까요."

게다가 스케줄을 앞당긴 것은 내가 부탁한 것이기도 했다.

여름 방학 전반 동안에는 리스톤령에서의 촬영을 끝내고, 이후에는 레리아렛의 본가가 있는 실버령, 이어서는 왕도에 묵으러 갈 예정이다.

아직 자세한 내용은 듣지 못했지만 각 영지 프로그램에 나가겠다는 약속을 해두었다. 자세한 일정 조정에 관해서는 부탁해 두었으니 거기에 맞게 스케줄을 잡아줄 것이다. 어른들이. 머리를 써서.

그리고 마지막 5일간.

여기에 내 즐거움의 모든 것을 쏟아부었다.

마지막 5일은 힐데트라가 휴가용으로 지낼 부유섬에 편승해 함께 지낼 예정이다.

무조건 마음껏 쉬고 놀고 먹고 마시고 토하고 수행하고 혹독한 훈련을 하고 쉴 것이다.

절대로 건드릴 수 없는 일정을 짰다.

왕족이 관리하며 프라이빗하게 이용한다는 부유섬은 조용하고 사람도 적고 작지만, 던전이 있다고 했다.

어쩌면 던전 탐색을 할 수 있을지도 모른다.

아니, 못해도 된다.

이제 슬슬 마수들을 죽이고 싶다.

이 몸으로 어디까지 할 수 있을지 모르겠지만, 기합을 담은 주먹을 휘두르고 싶다.

아직 니아 리스톤이 된 뒤로는 단 한 번도 제힘을 드러내지 못했다. 마수라면 실수로 때려죽인다 해도 아무도 불평하지 않겠지.

뭐, 할 수 있으면 좋겠다, 정도로만 생각하고 있다.

너무 기대하면 실망할 테니까. 이미 이번 생에서는 몇 번이나 실망을 경험했다.

"자세한 스케줄은 추후 전달해 드릴게요."

"그래, 그렇게 해 다오."

"그리고 오라버니도 가끔은 촬영에 나오는 게 어때?"

"……응?!"

관계없다는 얼굴로 무스를 먹던 오라비에게 이야기를 던져 보았다. 뭐 하는 거야, 관계가 없을 리가 없잖아. 매직비전은 리스톤 가문의 가업이라고. 정신 차려, 후계자.

"아니, 나는 됐어…… 안 그래도 그 대회 재방송이 아직도 나오고 있는데. 당분간 나오고 싶지 않아."

팬레터구나.

이번에도 말에 칼날이 담긴 팬레터가 와서 마음에 상처를 입은 것일까.

뭐, 거절할 거라 생각하긴 했지만.

"딱히 나오지 않아도 동행만 하는 건 상관없지 않을까? 볼일이 없다면 관광 겸 같이 가는 건 어때? 평소 가지 않는 곳에 가는 건 즐거운 법이니까."

"……아아, 그런 말이었구나."

…….

고민에 빠진 오라비 닐을 부친은 조용히 한숨을 내쉬며, 모친은 자애로운 미소를 지으며 지켜보았다.

어설프구나, 오라비여.

현장에 가기만 하면 어떻게 해서든 촬영을 할 수 있다.

간 시점에서 끝이다. '그냥 같이 온 것뿐이다'라는 말은 현장에서는 통하지 않는다.

나의 진심을 꿰뚫어 본 양친이 아무 말도 하지 않는 것을 보면 이 역시 어른이 되기 위한 통과의례 같은 거겠지.

어른은 아이를 속인다.

때로는 교묘하게, 때로는 알기 쉽게.

그 진의를 간파하고도 굳이 받아주는 것이 풍류라는 것이지만…… 역시 열 살도 안 된 아이에게 그것을 요구하는 건 어렵겠지.

하지만 학습해 두는 것은 좋다.

어른은 자신을 속인다는 것을.

이 세상에는 간 시점에서 이미 되돌릴 수 없는 일도 있다는 것을.

앞으로 남은 인생이 거짓말에 속아 돌이킬 수 없는 일이 되지 않도록.

"먼저 실례하겠습니다."

이야기를 매듭짓고 나는 자리에서 일어났다.

여유롭게 디저트까지 마무리한 저녁 식사는 오랜만에 리스톤 가족이 모인 자리였기에 제법 시간이 오래 걸렸다.

정확히 말하면 부친이 업무 스케줄을 물은 시점부터 이야기가 계속 꼬리를 물고 이어졌다.

나와 오라버니는 이제부터 한차례 목욕을 하고 푹 쉬면 끝이지만 양친은 다르다. 밖에서 돌아오자마자 테이블에 앉았고, 지금도 여전히 업무복인 정장 차림이다.

옷을 갈아입는 것도 목욕도 이제부터 해야 했으니 그들을 너무 오랜 시간 잡아두는 것도 미안했다. 가뜩이나 피곤한 기색이 가득한데 무리를 한다면 내일 업무에 지장이 갈 것이다.

"아, 니아. 조만간 벤델리오를 부를 거다. 기획 얘기를 하고 싶다더구나."

"알겠습니다. 구체적인 날짜가 정해지면 알려주세요."

마지막으로 그런 얘기를 하고 나는 리노키스를 데리고 내 방으로 돌아왔다.

"그럼 아가씨, 숙제를 해볼까요?"

······그래야겠지.

여름 방학 마지막 5일을 아무 걱정 없이 보내기 위해, 매일 꾸준히 학교에서 내준 과제들을 소화해서 마음에 걸리는 짐들을 없애놔야 했다.

아직 아이가 배우는 내용이었기에 아는 부분도 많지만······ 역시 머리를 쓰는 작업은 골치가 아프다.

오히려 이런 머리 쓰는 일이 싫어서 더더욱 일격필살로 한 번에 해결해 버릴 수 있는, 누구도 넘볼 수 없는 힘을 원했던 것 같은데······.

이번 생에서는 머리가 필요하다는 건가.

전생에서는 무의 길을 걸었는데, 이번에는 머리라······ 하여간. 박치기는 강한데 속은 약하다니 아이러니한 일이다.

"싫다는 표정을 지으면서도 도망치지 않는 아가씨가 저는 좋아요."

"나는 나를 절대 놓치지 않으려고 노력하는 리노키스가 싫어."

"이것도 아가씨를 위한 거니까요."

"때로는 선의가 해를 끼치는 일도 있어."

"그런 말은 됐으니까, 자, 빨리하죠. 모르는 부분은 물어보세요."

제자의 태도가 건방지다. 게다가 마정판까지 준비해 와 나는 금지당한 프로그램을 보기 시작한다. 차와 과자까지 준비해서. 대놓고 쉬고 있다. 숙제와 싸우는 나는 개의치 않고. 경의가 부족한 제자. 스승을 공경하라고. 그보다 뭐야, 이 구도. 왜 시녀가 쉬고 있고 그 옆에서 나는 숙제를 하고 있는 거야.

……라는 생각을 해도 어쩔 수 없지. 해볼까.

이렇게 여름 방학이 시작되었다.

시작하자마자 학교에 있을 때보다 약 두 배 정도 더 많은 일을 하게 되었다.

다소 바쁜 것은 각오하고 있었지만, 상상 이상의 업무량이었다.

구체적인 스케줄을 넘겨받았을 때 나는 생각했다.

이건 나를 죽이려는 것이 아닌가, 라고.

2주 만에 32편을 찍는다고……?

물론 여름 방학 전반 2주 동안 최대한 채워달라고는 했지만, 이렇게까지 무식하게 집어넣는 녀석이 어디 있단 말인가.

벤델리오 녀석, 느끼한 건 얼굴뿐이었으면 좋았을 것을. 살인적일 정도로 빡빡한 스케줄을 만들어놓다니…….

하루에 두 편만 촬영해도 정신적으로 힘든데.

어쩌면 두 편은 고사하고 세 편을 찍는 일도 있지 않을까.

마침 촬영에 동행한 벤델리오에게 빈정거림을 담아 우회적으로 고충을 토로하자, 그 녀석은 명랑하지만 느끼한 얼굴로 웃을 뿐이었다.

"하하하. 니아 양이라면 괜찮아. 귀엽잖아."

오랜만에 양심에 찔려도 상관없으니 사람을 때리고 싶다는 마음이 들었다.

로우로 무너뜨린 다음 안면에 주먹을 박아넣고 싶다는 마음이 들었다.

억지스럽게 갖다 붙인 듯한 '귀엽다'는 말도 열받았다.

짜증이 치밀어올라 리노키스의 수행을 2할 정도 더 힘들게 진행했다. 원망하려면 벤델리오를 원망하도록 해.

아침부터 저녁까지 촬영, 돌아온 뒤에는 수행과 숙제.

가끔은 숙박.

학교생활을 그리워할 틈이 없을 정도로 분주한 하루하루가 흘러갔다.

더는 며칠이 지났는지조차 생각하길 포기한 어느 날의 일이다.

양친이 귀가한 것과 함께 벤델리오가 찾아왔다. 참고로 여름 방학 6일째라고 한다. 이젠 아무래도 좋다. 어서 끝났으면 좋겠다.

그러고 보니 기획 회의를 한다고 했던가. 그것을 떠올린 나는 호출을 받고 응접실로 향했다. 벤델리오라는 이름만 들어도 짜증이 나서 오라비도 불렀다. 어디라도 오라비의 출연분을 강제로라도 집어넣어줄 생각이다. 원망할 거라면 저 느끼한 얼굴을 원망해줬으면 좋겠다.

그리하여 이 멤버로 회의를 하는 것은 약 2년 만이었다.

생존 보고를 하기 위해 처음 매직비전에 나왔던, 그날 이후.

'앞으로도 출연하지 않겠느냐'는 제안을 받았었다.

리스톤 저택 응접실에서 하는 회의는 여러 번 있었지만, 그때는 학교 기숙사에 있던 오라비는 없었으니까.

조금 그리운 얼굴들이었다.

이제 보니 각자가 앉아있는 자리도, 서 있는 하인들도 모두 같은 배치였다.

"이 중에서 하고 싶은 기획을 골라줬으면 좋겠는데."

열받을 정도로 느끼한 얼굴을 한 벤델리오가 가방에서 두꺼운 서류를 꺼내 쿠웅 하고 테이블에 올려놓았다.

"가능한 양은 세 개 정도려나? 그 이상이라도 상관은 없지만."

……이봐, 설마 그게 전부 기획서야……?

그보다 가능한 양이 세 개라니…… 지금의 빼곡한 스케줄에 일을 더 추가할 생각이라고……?

"벤델리오 님."

"응?"

"잠깐 밖으로 나가지 않을래요? 단둘이 얘기하고 싶은데요."

육체적 언어로.

아니, 그냥 폭력이라는 말로 말하고 싶다.

"하하, 매력적인 권유이지만 너희 양친이 절대 허락하지 않으실 테니 어렵겠구나. 그보다도 지금은 즐거운 일 이야기를 할까?"

즐거운 건 네놈뿐이겠지! 젠장! 저 느끼한 얼굴을 때려주고 싶어! 때려버리고 싶어!

……하자.

불평한다 해도 일도 숙제도 줄어들지 않을 테니까.

새로 추가된 세 가지 일은.

첫 번째——니아 리스톤과 함께 달리자! ~우리 강아지가 더 빨라~.

이는 언젠가 목장으로 촬영 갔을 때 목양견과 장난을 친 적이 있는데, 그때 던진 공을 개보다 먼저 주운 내 모습에서 착안하였다고 한다.

그것을 보고 '우리 개가 더 빠르다'며, '니아보다 더 빠르다'며.

그런 편지가 몇 통인가 와서, 그럼 정말 승부를 해보면 어떻겠냐. 그런 방향에서 나온 기획이었다.

"이거라면 오라버니도 나갈 수 있겠는데? 달리는 것뿐이니까."

"힘내, 니아."

두 번째——극단 아이스로즈 쌍왕자와 함께 왕도 관광.

내가 처음 무대에 섰던 연극 《연모하는 연인》 이후 극단 아이스로즈의 인기는 순조롭게 올라가고 있다고 한다.

뭐든 상관없으니 다시 한번 쌍왕자…… 율리안 의장과 여동생 루시다의 모습을 보고 싶다며, 열광적인 팬들로부터 끊임없이 출연 요청이 들어온다고 했다.

"아이스로즈 율리안 씨에게 물어봤더니, 본인들은 매직비전에 익숙하지 않으니 단독 출연은 무리지만 방송에 익숙한 니아 씨와 함께라면 괜찮다고 하더라고."

나도 그들과는 안면이 있었고, 내 속내를 이미 알고 있다는 점에서 진행이 수월할 것 같아 승낙했다.

"이거라면 오라버니도."

"응원할게, 니아."

그리고 세 번째——병원 위문(가제).

이는 내가 과거 병상에 누워 있던 환자였던 만큼, 환자들의 팬레터가 많았기에 초기 단계부터 발안된 아이디어였다.

나의 병세나 경과를 보기 위해 일부러 뒤로 미뤄뒀던 것 같은데…… 때를 과하게 놓쳐서 벌써 2년이 지나버린, 다소 늦은 감이 있는 기획이다.

막상 병이 낫자마자 위문을 하러 갔다가 그 직후에 컨디션이 나빠지기라도 하면 지금 당장 병마와 싸우고 있는 사람들에게서 살아갈 희망을 빼앗을지도 모르니 말이다.

내 몸 상태가 '지금은 건강해! 완전히 병을 극복했어!'라고 단언할 수 있게 되기 전까지는 미뤄졌던 기획인 것이다.

2년 전만 해도 이 몸은 비쩍 마르고 누가 봐도 허약해 보였으니까. 경과를 보지 않으면 위험하다고 판단한 것 같았다.

"오라버니, 이건 오라버니도 해야 할 것 같아요."

"열심히 해, 니아."

"그럴 순 없어요. 저도 나가겠지만, 이건 영주의 아들이자 리스톤가의 후계자가 할 일이에요. 다시 말해 리스톤가의 공무나 다름없다고요."

"……알았어. 알았다고."

오라비는 거의 화풀이로 동석시켰지만, 이 기획만큼은 정말 해야 한다고 생각했다.

이리하여 세 가지 일이 새로이 더해졌는데.

"달리 해 보고 싶은 기획은 없니? 이런 건 어때?"

"슬슬 한 대 때리고 싶은데요?"

안 그래도 32편이나 찍어야 하는데.

거기에 세 편을 더 얹은 것만으로도 인내심의 한계였는데.

이 이상을 요구하면 나도 못 참는다.

내가 양친 앞에서 아직 웃고 있는 동안 돌아가라. 이 느끼한 얼굴아.

"귀여운 니아 양에게 얻어맞는다면 이 아저씨는 더 바랄 게 없지. 그래서 이 기획 말인데."

안 물러서네, 이 남자. 이 정도로 말했는데. ……이 남자는 육체가 아니라 정신이 강하구나. 밀고나가는 힘도 강하고. 일도 잘한다.

젠장, 양친 앞만 아니었다면 살기라도 확 흩뿌려줬을 텐데.

그래도 뭐, 언젠가 때려주겠다는 건 확정이지만.

나는 대화를 마무리할 준비를 했다.

하지만 마무리하지 않은 것은 벤델리오였다.

이 일은 잊지 않겠다. 절대로 잊지 않겠어!

촬영에는 웬만큼 익숙해졌다.

계속 이것만 하다 보면 역시 익숙해질 수밖에 없다. 결코 좋은 방법은 아니었지만, 솔직히 스케줄 후반에 가서는 거의 타성으로 하고 있었다.

매번 머리를 써서 움직인다면 이 고행을 견딜 수 없을 것 같아서. 뭔가가 뚝 끊어질 것 같아서. 그 느끼한 얼굴을 충동에 몸을 맡기고 날려버릴 것 같아서.

하지만 그러는 와중에도 즐거운 촬영도 있었다.

바로 개 관련 기획이다.

처음에는 단순한 장난에서 시작된 개와의 경주를, 제대로 된 한 편의 기획으로 만든 것이다.

개와 주인 소개.

개의 멋진 모습과 높은 운동 능력을 촬영.

나와 잠시 장난도 치면서 귀여운 부분을 어필.

그리고 나와의 승부.

솔직히 몸을 움직이는 촬영은 마음이 편했다.

밖으로 나와 넓은 공간을 누비며 마음 놓고 달리는 것은 무척 상쾌했다. 좀 더 사치스러운 바람을 말하자면 대전 상대가 더 빨랐으면…… 하는 정도일까.

종반에는 몇 번을 해도 내가 이긴 탓에 주인과 개의 심기가 조금 불편해 보였지만…… 그게 내 잘못은 아니지? 개의 발이 느린 것을 어쩌나.

타성으로 하던 후반 방송에서 인상에 남은 촬영은 그 정도였다.

눈코 뜰 새 없이 바쁜 2주가 순식간에 지나가고.

드디어 이날을 맞이하게 되었다.

"──들어줘서 고맙네. 그럼 건배!"

부친의 목소리에 응답하듯 사람들이 너도나도 건배와 인사를 했다. 나도 주스 잔을 들었다.

마법의 등불을 띄운 조명 아래, 아늑한 분위기에서 연회가 시작되었다.

오늘은 우리 집안의 파티다.

평소 좀처럼 얼굴을 보기 힘든 리스톤가의 주방장이 외부에 마련한 철판에 고기와 채소를 굽기 시작했고, 하인들이 분주한 몸놀림으로 내빈들에게 음식과 음료를 나른다.

나의 종무식……까지는 아니지만, 일단은 그런 의미에서 리스톤 저택의 정원에서 바비큐 파티가 열리게 되었다.

양친은 오라비와 나와 함께 여행이라도 가고 싶어하는 기색이었지만, 그쪽이나 나나 스케줄 때문에 무리였다.

그래서 적어도 가족들끼리 추억이라도 만들자며 이 바비큐를 제안해 왔다.

처음에는 가족들만 모여서 하자는 이야기도 나왔지만, '내 일의 마무리'라면 곧 다른 사람들의 일도 얼추 마무리되었다는 의미였다. 그런 나의 제안으로 가족 이외의 관계자도 참가하게 되었다.

관계자는 리스톤령 방송국 사람들이다.

지금은 어떻게 보면 양친보다 더 가까운 사이가 된 것 같은 촬영반 사람들과 밉살스러운 벤델리오.

이런 기회라도 없으면 만날 일이 없는 기획부나 편집부의 국원도 와 있었기 때문에 상당한 대규모 모임이 되었다.

참고로 방송국 직원은 서민 출신도 많았기에 귀인 특유의 격식을 갖춘 파티가 아니라 오히려 편안한 모습을 권장했다. 가족 단위의 참가도 허용되어 아이들의 모습도 보였다.

그러니까 어디까지나 집안의 파티인 것이다. 다시 말해 조직의 우두머리인 국장의 배려가 돋보이는 파티였다.

과중함에 과중함을 겹친 듯한 살인적인 스케줄이었던 2주를 지나고 나서야 이날을 맞이할 수 있었다.

느끼한 얼굴에게 일을 강요당해 결국 37편을 찍게 되었다.

2주만에 37편.

지옥이었다.

이제는 첫 촬영이 뭐였는지조차 기억이 안 나는데 벤델리오를 향한 원망만은 커지는, 웃을 수 없는 심리 상태가 되어 있었다.

정말 내 목숨을 빼앗으러 온 것이 아닐까 싶을 정도로 비정상적인 업무량이었다. 어른도 악 소리를 내며 포기할 정도가 아니었을까.

체력에는 나름대로 자신이 있었지만, 정신이…… 마음이나 사고력, 다시 말해 육체처럼 단련되지 않은 부분에 직격탄을 맞고 말았다.

목숨을 건 사투는 바라마지 않는 일이고, 한순간의 판단 미스로 죽을 수도 있는 극한 상태도 꽤 좋아하지만…… 그런 곳에 쓰는 정신력이 아닌, 다른 부분의 정신력이 뎅강 잘려 나간 기분이었다.

그리고 내가 바쁘다는 것은 다시 말해 동행한 촬영반도 바쁘다는 뜻이다.

그들의 바쁨은 나의 바쁨에 비례하기 때문이다.

당연하게도 내 촬영만이 그들의 일은 아니었다. 달리 할 일은 또 있을 것이다. 내 숙제처럼.

그렇게 생각하면 어쩌면 나보다 더 힘들었을지도 모른다.

"니아! 끝났어! 드디어 끝이야!"

울지 마, 메이크업 담당. 같은 경험을 거쳐 온 나는 완전히 그 마음을 이해했다. 덩달아 울지도 모른다고. 파티에서 울릴 생각이야?

"끝났다! 살아있어! 니아, 우리들 살아남았어!"

울지 마, 카메라 담당. ……죽을 뻔했지, 우리 둘 다. 바빠서 죽을 뻔했던 2주를 무사히 살아남았구나.

"하아아아…… 하아아아아아…… 이제 집에 갈 수 있어……."

울지 마, 감독. ……고생했어. 딸과 함께 푹 쉬기를.

정신을 차리고 보니 내 주변에는 함께 싸워왔던 촬영반 어른들이 모여 눈물 젖은 얼굴로 훌쩍훌쩍 울고 있었다. 그만해, 나도 울 것 같다고. 진짜로 운다? 진짜로?

……끝났네…….

……정말, 정말로, 겨우 끝났구나…… 윽, 눈에서 땀이…….

37편을 찍으라니 대체 뭐냐고.

아무 기억도 나지 않을 정도로 매일같이 매일같이 매일같이 눈이 돌아갈 정도로 무식하게 일을 시켜대다니.

"……벤델리오는."

불쑥.

마치 맨 처음 땅을 적신 빗방울처럼, 작은 물방울을 떨군 나에게.

""절대로 용서 못 해.""

촬영반 모두가 한목소리로 중얼거렸다.

우리는 그 살인적으로 과도한 스케줄을 이 마법의 말로 극복해 왔던 것이다.

힘들 때도.

뭐가 힘든진 모르겠지만 아무튼 힘들 때도.

이유 모를 눈물이 쏟아졌을 때도.

괜히 가족이 보고 싶어졌을 때도.

모든 것에서 도망쳐 버리고 싶은 충동이 들었을 때도.

도망친 자를 놓치지 않기 위해, 혼자만 행복하게 할 순 없다며 전원이 쫓아갔을 때도.

마음이 고장 나는 소리가 들려오고 비명을 내질렀을 때도.

우리는 벤델리오를 향한 원망을 품으며 극복해 온 것이다.

──용서할 수 없어. 그 녀석만큼은 절대 용서 못 해.

"여어, 니아 양! 수고했어!"

녀석이 왔다 벤델리오가 느끼한 얼굴로 다가왔다 때리고 싶다 얼굴이 느끼해! 때려주겠어!

"……하하하. 이따 봐!"

무엇인가를 눈치챘다……기보단, 나를 포함한 주위 사람들이 원망스러운 시선을 보내는 모습에 녀석은 재빨리 자리를 떠 버렸다. 아니면 모두가 울고 있는 모습을 보고 도망간 것일지도 모르지.

──용서하지 않겠다. 녀석만은 용서 못 해.

이번 여름, 촬영반과 끈끈한 유대감이 생기고.

벤델리오를 향한 원망은 산처럼 높게 쌓여가는 것이었다.

뭐, 진심 90%인 농담은 이쯤 하고.

이로써 리스톤령에서의 촬영은 일단락됐다.

벤델리오에게는 아직 원한밖에 없는 상태지만, 그래도 나름대로는 납득하고 받아들인 일이다. 그렇지 않았다면 아무리 나라도 이미 한 대 날렸을 것이다.

'지금이 물 들어올 때'라는 그의 말을 지지했기 때문이다.

지난 격투 대회 방송 이후 매직비전의 지지율이 크게 움직였다.

지금까지는 결코 볼 수 없었던 학교 내부 영상과 그곳에 자신의 아이가 다닌다는 사실.

이 두 요소가 지금까지는 없었던 고객층을 개척한 모양이었다.

힐데트라가 예상했던 대로, 혹은 노렸던 대로다.

학교에 자녀가 있는 부모가 지금 매직비전에 주목하고 있다. 그리고 실제로 마정판이 몇 대 팔리고 있다.

지금이 기회라고 판단한 벤델리오가 이때라고 학교에 다니는 아이인 니아 리스톤의 영상을 내보내 개척 대상층에 자극을 주는 아이디어를 고안했다.

그리하여 그 살인적으로 과도한 스케줄인 37편 촬영으로 이어진 것이다.

뭐, 그게 아니더라도 다음에 귀성하는 연휴는 겨울이었기에 그동안의 촬영 비축분은 필요했다.

다만 2주 안에 너무 몰아넣었을 뿐.

어떤 이유가 있다 해도 용서하진 않을 거지만.

리스톤령에서의 촬영은 끝났지만 내일 향하는 실버령에서도 몇 가지 촬영을 할 예정이었다. 그리고 왕도에도 갈 예정이다.

아무리 그래도 37편을 찍는 무모한 짓을 시키진 않을 테니 마음은 한결 편했다.

모처럼 열린 파티인데 언제까지나 울상을 하고 있으면 아깝겠지.

지옥을 함께한 촬영반에게 "파티를 즐겨줘"라고 말한 나는 그들과 헤어졌다.

뭐, 나도 벤델리오 따윈 잊고 좀 즐겨볼까.

……이렇게 혼잡한 상황이라면 몰래 술병을 가져가도 들키지 않을 것이다. 한 병 슬쩍해서 몰래 마실까?

그렇게 생각한 순간.

아니, 정확히는 단독으로 움직이기 시작한 이후부터 여러 사람이 말을 걸어오기 시작했다.

평소 만날 일이 없는 기획부, 편집부 사람들이 대부분이었다. 인사부터 시작해서 역시나 일 이야기로 이어진다.

"니아. 개가 나오는 기획, 재미있었어."

"그런가요? 저도 즐거웠어요. 반응이 좋다면 시리즈 방송으로 나가도 좋을 것 같아요."

"그거 좋네! 여러 장소에서 털이 복슬복슬한 동물과 노는 미소녀…… 이거 먹히겠는데!"

노는 장면을 찍는다면 달리기 전에 찍어야겠지. 달린 뒤에는 개들이 대부분 나를 미워하니까.

거의 볼 일이 없는 부서의 국원과도 대화를 하거나.

개별적으로 조우한 촬영반 사람들과 끊임없이 벤델리오를 욕하거나.

연상의 여성들에게 귀여움 받고 있는 오라비를 히죽히죽 웃으면서 지켜보기도 하고.

그런 식으로 리스톤가에서의 마지막 밤이 지나갔다.

뭐, 나름 재미있었다. 술은 못 마셨지만.

그리고 파티 다음 날.

"집에 있어도 부모님이 신경 쓰실 테니까"라면서 동행을 자청한 오라비 닐과 함께 나와 리노키스는 실버령으로 떠나게 되었다.

"……니아가 온다…… 니아가 온다…….."

실버가 아침 식사에서는 오늘도 둘째 딸 리클비타가 매직비전에 나온 니아 리스톤을 보며 중얼거렸다.

그 표정은 무언가에 내몰려 쫓기는 사람처럼 보이기도 했다.

리클비타는 니아 리스톤의 팬이다.

나이도 차지 않은 어린아이를 향해 거리낌 없이 음흉한 시선을 향하며 끈적하게 바라보는, 흑심을 감추려고도 하지 않는 추악한 본성을 가진 변태이기는 하지만.

그래도 팬은 팬이다.

아니, 오히려──자신이 추악한 변태에 저질 팬이라는 사실을 자각하고 있기 때문에 더욱 초조함을 느끼고 있었다.

자신과 같은 추악한 변태에 저질 빈유가 무구한 빛을 발하는 그녀의 눈앞에 설 수 있을 리가 없다며.

자신과 같은 추악한 변태에 저질 빈유라도 그곳이 은근한 매력 포인트라고 생각하는 비열한 인간이 때 묻지 않은 소녀의 망막에 비칠 수 있을 리가 없다면서.

열흘 전, 막내딸인 레리아렛이 실버 저택으로 돌아왔다.

그날 밤 저녁 식사 때, 그녀가 충격적인 한마디를 내뱉은 것이다.

"아버님, 예정대로 2주 후에 니아가 올 거예요. 본인의 동의도 얻었으니 사양 말고 촬영 스케줄에 니아를 넣어주세요."

"뭐?!"

늙은 아버지가 무어라 더 말하고 있지만, 리클비타에게는 그보다 더 중요한 부분이, 무시할 수 없는 부분이 있었다.

"니아가 온다고?! 이 늙다리 관에?!"

"……."

늙다리 관의 주인인 늙다리, 빅슨 실버가 뭔가 말하고 싶은 얼굴로 둘째 딸을 바라보았지만…… 결국 아무 말도 하지 않고 레리아렛에게 시선을 돌렸다.

"와요. 어라? 아버님께는 편지로 미리 알려드렸는데."

"아버님! 못 들었어요! ……어?! 언니는 들었어?! 리리미도?!"

축축하고 음침하고 끈적거리는 집착 기질을 가진 둘째 딸 리클비타에게서 좀처럼 볼 수 없는 필사적인 항변이 나왔다.

그리고 첫째 라피네와 막내와 함께 돌아온 셋째 리리미가 아무런 반응이 없는 것을 보고 자신만 몰랐다는 사실을 깨달았다.

하지만 냉정하게 생각해 보면 전혀 이상할 게 없었다.

니아 리스톤이 오는 것은 오늘내일의 이야기가 아니었다. 2주 뒤인 것이다.

이 타이밍에 알았다고 해서 특별히 느리다거나 갑작스럽다거나 말할 내용은 아니었다. 다분히 정상적인 통지였다.

하지만 그런 것은 상관없다는 듯이 어찌할 바를 모르는 둘째 딸.

그런 둘째 딸에게 빅슨이 말했다.

"슬슬 만나보도록 해라."

매직비전과 관련하여 실버가와 리스톤가는 연이 있었다.

실제로 둘째 딸을 제외한 전원이 리스톤가의 전원과 얼굴을 마주하고 인사까지 마친 상황이었다.

무슨 생각으로 둘째 딸이 니아 리스톤을 만나지 않는 것인지는 모르지만, 귀인의 딸답지 못한 태도라고 빅슨은 늘 생각했다.

첫째 딸과 둘째 딸의 결혼이 늦는 것도, 결혼 상대 후보조차 없는 것도, 결혼에 대해 조급함이나 의욕이 없는 것도.

그것들은 귀인의 딸로서 괜찮을까, 하는 생각이 없는 것은 아니지만 더 이상 그런 생각을 강요할 시대는 아니었기에 그 부분은 괜찮았다.

하지만 실버가의 일원으로서 여러모로 신세를 진 상대에게 인사조차 하지 않는 것은 예의가 아니지 않나.

리스톤가에는 매직비전 방송국을 세우는 단계에서 많은 신세를 졌다. 지금도 촬영이나 기획에 관해 자주 상담을 받고 있다.

절대 소홀히 할 수 없는 상대다.

"니아 리스톤뿐만 아니라 리스톤가와는 앞으로도 교제가 많을 거다. 너도 실버 가문의 사람이라면 최소한의 예를 갖추도록."

게다가, 말이다.

니아 리스톤은 막내딸의 학우이자 어린아이임과 동시에 매직 비전 관련 일에 종사하는 동업자라고도 할 수 있었다.

그런 니아 리스톤이 막내딸의 친구로서 실버령에 오는 것이다.

게다가 실버령 방송사 기획에 참여할 생각도 있다고 한다.

만일을 위해 리스톤 영주 올닛 리스톤에게 확인했더니 '개런티는 파격가로 해도 좋다'는 답변을 받았다.

돈을 받는다는 사실에 내심 서운함이 들긴 했지만——잘 생각하면 그편이 기용하기는 더 쉬웠다.

촬영 시 니아 리스톤에게 이런저런 요구를 할 예정이다.

그때 '공짜로 하는 일인데 주문만 많다'라는 말을 듣는 것만은 사양이었다.

그렇다, 올닛 리스톤의 '개런티는 파격가로 해도 좋다'는 대답은 어떻게 보면 베스트였던 셈이다.

그것이 바로 열흘 전의 이야기이다.

"이제 슬슬 각오하는 게 어때?"

나날이 다가오는 니아 리스톤의 내습에 짓눌려가고 있는 둘째 딸을 보며, 첫째 딸 라피네가 어이없다는 표정을 지었다.

"하, 하하, 하지만, 하지만! 나 같은 추악한 변태에 저질 빈유라도 그곳이 은근한 매력 포인트라고 생각하는 비열하고 비굴하고 냄새나는 징그러운 인간이, 때 묻지 않은 니아의 망막에 비칠 수 있을 리가 없잖아!"

"뭐어? ……맞는 말이지만 그래도 말야."

"왜 부정하지 않는 거야, 언니?!"

부정할 말 따위는 그 누구도 갖고 있지 않았기 때문이다.

아, 자각은 있구나, 라고 생각해도 말하진 않는다. 정말 보이는 그대로구나, 라고도 하지 않는다. 말만 앞선 변태가 아니라 자각 있는 변태구나, 라고 하는 말도 삼켜두었다.

"그래도 슬슬 만나두지 않으면 나중에 만나기 힘들 거야. 어차피 이번 방문은 시작에 불과하니까. 앞으로도 니아는 이런저런 이유로 이 저택에 올 거야. 구체적으로는 여름과 겨울과 봄에 있을 장기 휴가 때 말이지. 그렇죠, 아버님?"

특별히 부인할 부분도 없었기에 빅슨은 고개를 끄덕였다.

"나는 이번 방문을 계기로 니아 리스톤을 정기적으로 초청할 예정이다. 그럴 생각으로 환대할 거고. 실버령에도 그 아이의 팬들이 많으니까 앞으로도 우리 채널에 나와줬으면 하거든."

물론 파격가로, 라는 말을 마음속으로 덧붙였다.

아무리 그래도 딸이나 하인들 앞에서 그런 말을 하기엔 둘째 딸만큼이나 속 보이는 짓이었다. 그런 건 둘째 딸만으로도 충분하다.

매우 타산적인 생각이지만 반대로 레리아렛이 리스톤령으로 갈 수도 있을 것이다.

요컨대 서로 의지하자는 것이다.

아직 보급률이 지나치게 낮은 현재로선 매직비전을 부흥시킬 동지이자 동료다.

지금 발목을 잡거나 방해를 하거나 호의를 거부하면 후일 반드시 자신들에게 돌아올 것이다. 그건 어리석은 짓이다.

머지않아 이해관계에서 대립관계로 바뀔 수도 있겠지만, 지금은 전적으로 수용해야 할 때였다.

그보다 현 상황에서는 오히려 이해관계에서 대립관계가 될 수 있을 정도로 매직비전 업계를 발전시키는 것이 목표라고 할 수 있었다.

행복하고 사치스러운 대립을 경험해 보고 싶다.

"……하아아…… 니아가 온다아……."

번뇌하는 둘째 딸을 보는 가족과 하인의 눈은 상당히 뜨뜻미지근했다.

"레리아렛 아가씨. 니아 님께 편지가 도착했습니다."

아침 식사가 끝나고 접시를 물린 시점에 하인이 레리아렛에게 봉투를 내밀었다.

"뭐? 니아한테?"

예의에 어긋난다는 걸 알면서도 레리아렛은 받자마자 봉투를 열어보았다.

이 타이밍에 편지가 도착한 것을 보고 니아 측에 예정 변경이라도 있나 생각했기 때문이었다.

아직 가족들이 테이블에 있으니 앞으로의 예정과 관련되어 있다면 1초라도 빨리 전달해야 한다. 스케줄 관리를 하는 부친에게는 특히.

그렇게 생각하면서 접힌 편지를 펼쳐 읽는데…… 읽어 나갈수록 레리아렛의 손이 부들부들 떨리기 시작했다.

몇 번이고 몇 번이고 같은 장소를 읽었다.

몇 번을 읽어도 내용이 바뀌는 것은 아니지만, 그래도 몇 번이고 다시 읽었다.

"무슨 일이냐?"

막내딸의 심각한 표정과 떨리는 손에 빅슨이 눈살을 찌푸렸다.

그렇게 중요한 내용이 적혀있는 것인가, 아니면 설마 비보나 부고인가──과거 그 소녀는 병상에 누워 죽기 직전이었다는 사실이 뇌리를 스친다.

"……와요."

"응? 니아가 말이냐?"

"아니에요! 닐 님이요! 니아의 오라버니요!"

그래. 편지에는 적혀있었다.

'한가하다고 해서 오라버니도 같이 갈게. 만약 사정이 있어서 묵을 수 없다면 거리의 호텔에라도 보낼 테니 일단은 데리고 가' 라고.

나날이 다가오는 니아 리스톤과 닐 리스톤의 방문.

둘째 딸에 이어 막내딸까지 안절부절못하면서 거동이 심히 불안정해졌다.

그리고 그날이 찾아왔다.

이른 아침, 오라비의 고풍스러운 취향이 담긴 비행선에 올랐다.

약 반나절 정도면 실버 가문이 다스리는 부유섬에 도착한다고 한다.

그렇다면 대체로 저녁 무렵에 도착하려나.

뭐, 딱히 서두를 이유도 없었으니 그 부분은 맡기기로 했다. 무리가 가지 않는 속도로 날아주는 것이 제일이다.

바로 어제 오전까지 이어진 경악의 37편 촬영의 영향일까. 아침 일찍 비행선에 오르자마자 나는 방에 틀어박혀 또다시 숙면을 이어갔다.

몸은 멀쩡해 보였지만 아무래도 스스로가 자각한 것 이상으로 정신적 피로가 쌓인 모양이었다. 어쨌든 아직은 더 쉬고 싶었다.

시간에 쫓기지 않는 휴식이란 이 얼마나 달콤한지.

다시 없을 시간을 음미하며 침대에서 한숨 자고 점심 무렵에야 일어났다.

음, 꽤 개운하네.

실버령에서 어떻게 지낼지 알 수 없었으니 지금 안에 쉬어 두는 편이 좋겠지. 또 일에 치여 힘들어질지도 모르니까.

……그렇다 치더라도 정말 피곤하다. 지옥 같은 귀성, 지옥 같은 2주였다.

무려 37편 촬영이다.

2주만에 37편이다.

말도 안 되는 농담이다. 그런 걸 해낼 수 있을 리가 없잖아. ……해냈지만.

평범한 아이였다면 반드시 쓰러졌을 것이다. 어른이라도 확실 치 않다. 이런 일을 시키다니…… 무서운 어른들이다. 특히 벤델 리오. 그 녀석만은 용서하지 않겠다.

아직도 깊어져만 가는 느끼한 얼굴을 향한 원망에 마음을 적시 며 방을 나서자, 갑판에서 목검을 휘두르며 시녀와 대련하는 오 라비 닐의 모습이 보였다.

이제 보니 리노키스도 있다. 견학을 하는 모양이다.

"아, 아가씨. 푹 쉬셨나요?"

낮잠을 잘 거라 리노키스에게는 잠시 나가달라고 했었다. 함께 자는 것도 필요 없었고.

"충분히 잘 쉬었어. 그것보다──꽤 좋아졌네."

내 시선은 빨려 들어가듯 오라비 쪽으로 향한다. 오라비의 전 속시녀 리넷과 꽤 격렬하게 싸우고 있다.

오라비는 아직 여덟 살밖에 안 되었다.

8살인데 이 정도로 움직일 수 있다니.

이것은 상당한 소질이다. 이대로 쭉 뻗어나간다면 어쩌면 나를 넘어설지도 모른다. ……아니, 무리인가. 리스톤가를 이어야 할 오라비가 언제까지고 검술에 매진할 수는 없을 테니까.

나를 넘어서려면 적어도 30년은 집중해서 단련해야 할 텐데.

무의 정점에 지름길이란 없다.

"지난 격투 대회에서 자극을 받으신 것 같아요. 여름 방학 때도 자주 훈련을 하셨대요. 아가씨가 촬영에 나가 있는 동안에."

아아, 열심히 단련하고 있구나.

오라비는 일에 두세 번 정도는 따라왔지만, 강제로 촬영에 참여시키는 쪽으로 가다보니 곧 따라오지 않게 되었다.

오라비에게 충분한 공부가 됐겠지. 가면 끝인 거다.

그의 경우는 머지않아 여자 문제로 시끄러워질 것이다.

여자를 집에 데려다준다거나, 집에 따라간다거나 하는 식의 사소한 문제들이 큰 사건으로 발전할 수도 있었다.

경솔한 친절이 때로 화를 부르기도 한다.

가면 끝인 경우도 있는 것이다. 오라비, 잊지 말기를.

"그러고 보니 아가씨. 편지를 맡아뒀어요."

"음? 편지?"

뭐지. 무슨 편지인가.

"보내는 사람은 실버 가문이지만 밀봉은 주인님께서 뜯으셨어요. 실버가에서 리스톤가로 아가씨의 촬영 스케줄을 묻는 편지가 도착했다고 해요. 확인은 끝났으니 나머지는 아가씨가 결정해도 된다고 하셨어요."

리노키스가 내민 편지는 확실히 이미 개봉되어 있었다. 그 자리에서 내용물을 확인하니 기획 리스트가 있었다.

"주인님께서는 아가씨가 어제까지 바쁘셨던 사정을 헤아리셔서 그 상황에서 건네주시는 건 삼가셨던 것 같아요. 너무 일 이야기만 밀어붙이면 힘들 테니까요."

현명한 판단이다.

37편을 촬영하는 중에 일에 대한 이야기를 더 듣고 왔더라면 아마 날뛰었을 것이다. 그리고 확실하게 벤델리오를 때려눕혔을 거고. 충동과 본능이 이끄는 대로.

리스트에 가로줄이 그어진 것은 부친이 각하시킨 프로그램이라는 뜻이겠지. 나는 지워지지 않은 나머지 후보 중에서 고를 수 있는 셈이었다. 이게 실버령에서 할 일인가…… 음?

"저기, 리노키스, 개가 그렇게 인기가 많아?"

관심이 가는 것이나 없는 기획명이 죽 적혀있는 가운데 이질적이라고 할지, 신경이 쓰인다고 할지, 어쨌든 눈에 걸리는 것이 있었다.

그래, 개다.

개와 함께 뛰어다니는 기획이다.

어제 바비큐 때도 기획부의 높으신 분이 그런 말을 했었는데, 그렇게나 개 관련 기획이 먹히는 건가.

내가 보기엔 이길 결과가 뻔히 보이는 승부일 뿐인데. 이래 봬도 '가까스로 이겼다'라는 느낌을 연출해야 하기에 의외로 신경 쓸 부분이 많다.

뭐, 그래도 머리보다 몸을 쓰는 만큼 편하긴 하지만.

하지만 말이다.

패배를 겪어야 하는 개는 어쩔 수 없지만, 주인에게 수치심을 느끼게 하는 것은 좋지 못하다.

어쨌든 상대편에서 '우리 개는 빠르다'라는 것을 알리고 진행하는 기획이다. 쉽게 이겨버리면 체면이 서지 않는 것이다.

인기로 먹고사는 장사를 하는 입장에서 남들이 싫어하는 건 되도록 피하고 싶다. 피해가 간다면 내가 져줄 수도 있을 정도였다. 그것으로 원만히 해결된다면 말이다.

그런 개 관련 기획이 실버가에서 온 리스트에도 실려 있었다. 심지어 두 개나 실려 있다. 명칭은 다르지만 내용은 같을 것이다.

"그러게요. 리스톤령에서의 반응은 좋은 것 같은데, 실버령에서 같은지까지는 잘 모르겠네요."

뭐, 그것도 그런가.

리노키스의 행동 범위는 내 행동 범위와 거의 비슷하니 알 수 있는 것도 비슷할 것이다.

"그거 정말 흥미롭네."

훈련을 마친 오라비가 이마에 땀을 흘리며 이쪽으로 다가왔다.

"니아보다 큰 개인데 니아가 더 빠른 거잖아? 어쩐지 신기하고 재미있는 구도 같아. 안 그래, 리넷?"

기진맥진한 오라비와는 달리 멀쩡한 얼굴을 한 리넷이 "그렇습니다"라며 동의했다.

"니아 아가씨가 이기면 이길수록 기획의 인기도 더 높아지지 않을까요? 지난 격투 대회에서도 그런 징후가 보였는데, 도전이나 대전을 취지로 한 프로그램은 의외로 사람들의 관심을 끌기 쉬운 것 같아요."

오호라.

도전물, 대전물은 사람들의 관심을 끈다, 라.

리넷의 의견은 앞으로의 계획에 살릴 수 있을지도 모른다. 힐 데트라를 만나게 되면 전해두자.

점심을 먹거나 가볍게 수행을 하거나.

오라비와 느긋하게 담소를 나누거나 리스톤가의 재정 상황에 대해 의논하거나.

최근에는 없던 여유로운 시간들이 변해가는 경치와 함께 흘러 갔다.

아득히 먼 곳에서 한 면 전체가 붉게 물들어가는 바다와 작은 콩알처럼 보이는 저편의 부유섬.

맹렬한 속도로 나아가는 비행선에서 먼 곳을 바라보고 있자, 멀리서 거대 마수인 부악(富嶽)가오리가 우아하게 하늘을 유영하는 모습이 보였다.

긴 꼬리 끝조차 지금 우리가 타고 있는 비행선만큼이나 크다. 맞는 것은 고사하고 스치기만 해도 추락할 것이다.

그야말로 유영하는 부유섬이라 할 수 있을 정도의 특급 마수다.

……전생의 내가 알고 있는 것과 같은 개체일까. 가까이서 보면 알 수 있을까?

그런 식으로 반나절 정도의 하늘 여행은 실버령에 도착하며 끝을 고했다.

저녁을 넘어서서 곧 밤이 되는 시각.

영주의 사자로 온 실버령 문장이 박힌 비행선으로 안내받은 뒤 실버 저택이 있는 부유섬으로 향하게 되었다.

"닐 님!"

항구에 도착하여 비행선에서 내리자 붉은 머리의 여아와 소녀가 달려오는 것이 보였다.

실버가의 막내딸인 레리아렛과 셋째 딸인 리리미다.

우리가 도착했다는 소식을 듣고 저택에서 달려 나온 모양이었다.

"오랜만이야, 레리…… 엥?"

빨간 머리의 여아는 인사하려던 내 옆을 휙 하고 경쾌한 몸놀림으로 지나쳐갔다.

"좋은 오후야…… 아니, 지금은 좋은 저녁인가? 오랜만이네, 레리아."

아아, 알겠다. 오라비구나. 오라비한테 곧장 가다니. 나 같은 건 시야에 들어오지도 않았나 보군.

"미안해, 니아. 나중에 엄하게 말해둘게."

방금 모습을 확실하게 포착한 언니 리리미가 그렇게 말했지만 나는 고개를 저었다.

"상관없어요. 어린애답고 귀엽잖아요."

기본적으로 아이는 예의가 없고 다소 장난기 있는 편이 오히려 더 안심되는 법이다.

"……응, 뭐어, 니아도 동갑이지만……."

쓴웃음을 짓는 이유는 알겠다. 하지만 육체는 아이라도 속은 아이가 아니니 어쩔 수 없다.

"그쪽의 답변도 기다리지 않고 동행했는데, 오라버니도 동행해도 괜찮을까요? 아니라면 이대로 호텔로 보낼게요."

편지로 함께 온다고 전하긴 했지만, 그것은 일방적인 전달이었다. 실버가의 답변은 받지 못했다.

뭐, 정 안 되면 호텔에 묵어도 되고 차라리 이대로 비행선을 타고 친구의 집에 가도 그만이라며 오라비는 대수롭지 않게 말했었다.

"아버님께서 환영하신다고 말씀하셨어요. 리스톤가에는 많은 신세를 지고 있으니까요."

그렇구나. ……하긴, 실버가는 5계급 귀인이다. 손님이 갑자기 두세 명 늘어난다고 해서 부담을 느낄 만한 집안은 아니다.

"레리아, 슬슬 가는 게 어때? 이야기는 여기가 아니더라도 할 수 있잖아?"

오라비와 열띤 대화를 이어가고 있는 레리아렛에게 말을 걸자…… 묘하게 불쾌한 얼굴을 지어 보인다.

"아, 니아. 왔어? 흐음, 어서 와?"

목소리며 말이며 얼굴이며 태도며 분위기며 모든 면에서 환영의 뜻은 느껴지지 않았다. 방해하지 말라는 뜻만 전해지지만.

"오라버니, 나중에 레리아의 비밀을 잔뜩 알려줄게. 이 애는 이렇게 보여도……."

"미안해 니아, 정말로 미안. 미안해. 살짝 들떠 있어서 그랬던 거야, 미안해. 오늘은 밤새 수다 떨자."

음. 알았으면 됐다.

아이는 이 정도로 기운 넘치는 편이 알기 쉽고 더 안심되는 법이다.

"어서들 오게."

항구에서의 해후에 의외로 시간이 걸린 탓에 실버 저택에 도착했을 무렵엔 완전히 어두워져 있었다.

리스톤 저택 못지않게 큰 건물로, 정원도 제대로 손질되어 있었다. 지금은 어두워서 시야가 안 좋지만, 햇빛 아래서 본다면 분명 아름다운 광경이 펼쳐져 있겠지.

현관으로 들어서자 품위 있어 보이는 초로의 남성이 대기하고 있었다.

노신사라고 해야 할지 중년의 신사라고 해야 할지 헷갈리는 나이의 신사, 5계급 귀인이자 이곳 실버령을 다스리는 남자 빅슨 실버다.

이 영지에 방송국이 개국했을 보고 처음 보는 것이니 나와 오라비와는 약 1년 만의 재회인 셈이다.

저택에 오는 것은 처음이다. 전에 만났던 장소는 신설된 방송국이었으니까.

"오랜만입니다, 실버 경. 이번에는 어린아이들뿐임에도 방문을 허락해 주셔서 감사합니다."

오라비가 함께 왔으니 리스톤가를 대표해 인사하는 것은 그의 몫이었다. 누가 뭐래도 후계자니까.

어린아이지만 당찬 인사다. 아주 훌륭해.

"오랜만이네, 닐 군. 본인 집이라고 생각하고 휴가 왔다는 마음으로 편히 쉬어주게나."

오오, 휴가. 바로 얼마 전까지 격무에 시달리느라 정신없었던 나에겐 무척 기분 좋은 말이었다.

······뭐, 나는 일이 있지만. 오라비는 휴가 온 기분으로 편히 쉬면 되겠지. 애들은 노는 것도 일이니까.

"초대해 주셔서 감사합니다. 오늘부터 한동안 신세를 지겠습니다, 빅슨 님."

흐름에 따라 나도 인사를 해 두었다. 오라비가 대표이긴 하지만 인사를 안 할 수는 없으니까.

"기다리고 있었네, 니아 양. 하고 싶은 말이 아주 많아."

일 이야기겠지.

"저도 마찬가지예요."

속마음을 말하자면 휴가 이야기를 하고 싶지만. ······알고 있다.

일 이야기겠지. 해줄게. 내 휴가는 마지막 5일 전까지 참아주겠다.

"아, 니아 양. 닐 군."

안쪽에서 첫째 딸 라피네가 다가왔다. 그녀와는 학교 입학식 전 촬영에서 보고 처음 보는 건가?

"인사가 늦어서 미안해요. 일이 있어서 방금 돌아왔답니다."

"신경 쓰지 않으셔도 됩니다. 저희 일보다 본인의 일을 우선해 주세요."

역시 오라비. 이럴 때의 대답도 능숙하다.

저거 봐라, 이미 실버가의 하인들과 레리아렛의 시선이 오라비를 붙잡고 놔주지 않고 있지 않은가.

이것으로 실버가 사람들이 모두 모였다. 부인은 이미 돌아가셨다고 하니 이것으로 전원이 모인 셈이다.

온 가족이 현관 앞에 모여서 맞이해 주는 것을 보면 환영은 해주는 것 같았다.

"……실례지만 리클비타 님은 이번에도 사정이 안 되는 건가요?"

음?

오라비가 말한 리클비타라는 이름은…… 아, 그렇지. 둘째 딸이다.

첫째 딸 라피네, 셋째 딸 리리미, 그리고 막내딸이 레리아렛이다.

그랬다, 둘째 딸이다. 둘째 딸이 없었다.

개국식에서도 만나지 못한 둘째 딸은 그곳에서 이름만은 들긴 했지만, 그 이후로는 들은 적이 없었다. 지금까지 까맣게 잊고 있었다.

——실버 가문의 가족들을 잠시 복습해 볼까.

빅슨 실버의 부인은 10년 정도 전에 타계하였고, 레리아렛만 친척 아이를 양자로 들인 것이라 위의 세 명과 나이가 차이가 제법 난다.

양자에 관해서는 귀인 세계에서는 드문 일도 아니었기 때문에 레리아렛 본인도 언니들도 크게 신경 쓰지 않았다.

오히려 사실은 빅슨의 숨겨진 아이가 아니냐, 이복 자매가 확실하다는 식의 소문도 나돌고 있다고 한다. 그만큼 자매가 서로 닮아서 위화감이 없다고.

——라는 것을 리노키스가 알려주었다.

참고로 리노키스는 레리아렛의 전속 시녀에게 들었다고 한다. 내가 모르는 사이에 교류가 있었던 모양이다.

"리클은……."

빅슨, 라피네, 리리미는 어째서인지 떨떠름한 표정을 짓고 있었다. 레리아렛은 오라비에게 넋을 잃고 있느라 듣지 못했다.

이 반응은 뭔가 사정이 있어 보이는데.

만날 수 없는 상태인지, 아니면 당사자가 만나고 싶지 않아 하는 것인지.

어느 쪽이든 앞으로 당분간 신세 질 예정이니 조급해할 필요도 없고, 굳이 말하자면 무리해서 만날 필요도 없다. 만날 수 없는 사정이 있다면 그건 그거대로 상관없다.

"슬슬 저녁 식사 시간이네요. 조금 배가 고픈걸요."

미묘해진 공기를 불식시키기 위해 나는 아이의 몸을 이용해 순진한 얼굴로 배고픔을 호소해 보았다.

참고로 배는 정말 고프다. 제대로 고프다. 실버령 특산 돼지고기를 위해 비우고 왔다. 개국식 때 먹은 돼지고기 스테이크 맛은 아직도 잊지 않았다. 정말 맛있었는데. 내줄 거지? 내주겠지? 기대하고 있어, 빅슨.

"아아, 음, 그렇지. 저녁 식사 준비는 다 되었네. 방에서 옷을 갈아입고 식당으로 오게나."

이날 저녁 식사는 예상한 대로 특산 돼지고기 코스였다.

오길 잘했다.

이 소소한 즐거움을 정말 고대하고 있었다. 맛있었다. 특히 냉 샐러드와 함께 나온 얇게 썬 고기. 소스와의 조화가 실로 훌륭했다.

동석한 실버가 사람들과의 대화는 오라비에게 맡기고 나는 마지막까지 돼지고기를 즐겼다. 소도 좋고 생선도 좋아하지만, 돼지도 돼지대로 좋다.

"어떤가, 니아 양."

식후 홍차를 즐기는 나에게 빅슨이 말한다.

"내가 보낸 리스트는 잘 봤나? 우리로서도 방송에 많이 나와주면 좋겠네만."

식사 중에는 자제해 준 것 같지만, 끝나자마자 일 이야기를 꺼내기 시작했다.

네, 네.

할게요.

얼마 전까지 37편을 찍었지만, 그래도 일은 열심히 할게요. 오라비야 어쨌든 난 놀러 온 건 아니니까. 네, 네. 예정대로다, 예정대로.

……하면 되잖아! 한계까지! 아주 해 주고말고!

하늘 여행을 거쳐 온 실버령에서 다시 일 중심의 생활이 시작되었다.

뭐, 실버령에는 벤델리오 수준의 느끼한 얼굴을 한 노련한 방송국원은 없는 모양이라 꽤 여유로운 스케줄이었지만.

하루에 두 편이나 세 편 정도만 찍다니…… 배려심 있네.

얼마 전까지만 해도──구체적으로는 이번 여름 귀성 전까지는 하루 두 편 찍는 것도 많다고 생각했는데.

이제는 여유 있다는 생각마저 든다.

아침 일찍 나가서 저녁에는 돌아올 수 있으니 이렇게 빨리 끝나도 되는 건지 오히려 불안할 정도다. 아직 촬영할 수 있는 시간적 여유가 있는데.

……냉정히 생각해 보면 심신 모두 잔인한 스케줄에 익숙해진 것에 대한 폐해가 아닐까. 벤델리오는 용서하지 않겠다. 용서할

만한 이유를 찾을 수가 없다.

하지만 뭐, 그렇지.

"성향이 다르다고 할까, 성질이 다르다고 할까. 이쪽 촬영도 재미있네."

──실버령에서의 일상이 시작되고 벌써 나흘이 지났다.

오늘은 이쪽에서는 처음으로 숙박을 겸한 일이었다. 현역 모험가의 지휘 아래 노숙을 하자는 기획이었다.

그리고 현재는 나무 그늘에 의자를 놓고 대기 중이다.

옆에는 똑같이 앉아있는 레리아렛이 있다.

미팅이 끝나고 지금은 도착이 늦어지는 게스트를 대기하는 중이다.

주위는 촬영 준비를 하고 있었지만 우리들의 일은 촬영이 시작된 이후부터다.

촬영 전 땀을 흘리거나 피곤해지면 좋지 않으니까. 설사 주위가 분주하더라도 우리는 움직이지 않는 것이 일이었다.

"흐음? 리스톤령과는 많이 다른가봐?"

"달라. 전혀."

리스톤령에서는 '직업 방문'이라는 프로그램 덕분에 사회인이나 여러 직종과 접할 일이 많았다.

하지만 이곳 실버령에서는 모험가에게 집착하는 경향을 보였다.

던전이나 탐색에 사용하는 도구의 사용법을 배우거나, 유명한 모험가의 공적을 조사해 발표하거나, 위인과 관련된 장소에 관광 겸 가서 소개를 하기도 한다.

아이인 레리아렛이 출연하는 방송인 만큼 위험요소가 없는 것들뿐이지만 내용만 봤을 때는 흥미로운 것들이 많았다.

"아버님, 이런 방면을 좋아하시거든. 젊었을 때 모험가가 되고 싶으셨다나 봐."

그런 거였군.

되고 싶었으나 실버가의 후계자라서 포기했다는 건가. 그래서 그 미련이 남은 것인지, 다른 방식으로라도 관여하고 싶은 걸지도 모르겠다.

"그보다 아직도 볼 수 있는 프로그램이 제한돼 있어?"

"제한돼 있지."

"그럼 아직도 내 '캠핑'을 못 본 거야?"

"못 봤지."

리노키스는 보는 것 같지만. 내가 학교에 가 있는 동안이나 숙제하고 있을 때.

"매정하네. 좀 봐줘."

"허락만 받는다면 나도 보고 싶어."

어느 쪽이냐 하면 이쪽이 내 취향이다. 당연히 방송도 보고 싶다. 레리아렛은 손녀딸 정도로 여기고 있으니까.

리스톤령에서는 '니아 리스톤의 직업 방문'이 내 대표 프로그램이다.

반면 이곳 실버령에서는 '레리아렛의 일일 캠프'라는 기획이 그녀의 대표 프로그램이라고 한다.

다양한 모험가를 게스트로 초대해 그 사람의 이야기를 듣고 자신이 가장 잘하는 캠핑식을 함께 만들어 먹는 프로그램이다.

참고로 캠프라는 형태로 인해 하루 1편밖에 찍을 수 없다──라는 것을 가장해, 조금 떨어진 장소에서 다른 게스트를 불러 왕래하는 형식으로 동시에 2편을 촬영하거나, 실제로는 묵지 않고 해산하는 등 이쪽은 이쪽대로 시간을 절약하는 포맷이 완성되어 있었다. 이해한다. 동시 진행으로 두 편을 찍는 경우도 있지. 나는 이번 여름에 초 단위 스케줄로 하루 다섯 편을 찍었다. 촬영 장소를 이리저리 오가는 동시 진행까지 하면서. 죽는 줄 알았다.

"나는 니아가 하는 프로그램 꽤 챙겨보는데."

미안. 나도 보고 싶지만 그럴 수 없을 정도로 리노키스 감시가 심하다.

이제 슬슬 진지하게 규제 해제를 요청하는 편이 좋을 것 같지만…… 그래도 이 몸은 6살이라 아직 부모의 규제가 있는 것이 당연한 나이다. 어려운 부분이다.

"칼트리히 씨 오셨습니다!"

오, 왔네.

나와 레리아렛은 의자에서 일어나 찾아온 게스트에게 향했다.

"안녕하세요, 칼트리히 씨."

"이번에 레리아렛과 함께 하게 될 니아입니다. 잘 부탁드립니다."

실로 모험가다운 풍채를 가진 거구의 사내가 합류하며 촬영이 시작되었다.

과묵한 칼트리히에게 중간중간 이야기를 듣는 형식으로, 꽤 수수한 느낌의 촬영이 되었지만, 프로그램 취지상 이것도 충분히 쓸 수 있다고 했다.

쾌활한 모험가가 있는가 하면 호들갑을 떨지 않는 그늘진 모험가도 있다.

보기 좋은 일만 존재하는 세계가 아닌 만큼 여러 모험가의 있는 그대로의 모습을 보여주는 것이 실버령 방송사의 방식이라고 한다.

리스톤령이었다면 바로 지시가 날아왔겠지. 너무 수수하면 벤델리오가 두고보지 않았을 테니까.

"미안하다. 나랑 있는 건 지루했지?"

캠핑식을 만들고 시식 촬영도 끝났다. 오늘 촬영은 여기까지다.

모닥불을 사이에 두고 우리와 마주 앉은 칼트리히는 카메라가 내려가면서 비로소 어깨에 힘이 빠진 모습이었다.

얼굴에는 드러나지 않았지만 내심 긴장하고 있던 모양이다.

"괜찮아요. 재미를 추구하는 프로그램이 아니니까요."

업무 모드인 레리아렛이 모범 답변을 돌려주었다.

"저는 칼트리히 씨의 활약상을 좀 더 듣고 싶었어요. 모처럼의 기회니까."

"니아."

레리아렛이 다그치듯 이름을 불렀지만, 일단 기다려봐.

"실버령의 방식에 문제를 제기할 생각은 없지만, 너무 사양하는 것도 좋지 않다고 생각해. 수락하고 와 준 이상 칼트리히 씨도 이야기해 줄 생각은 있으실 거야."

오히려 얼마만큼 이끌어내느냐가 중요하다. ……이런 조용하고 느긋한 캠프도 싫지는 않지만. 그렇다기보단 이번 생에는 처음이지만. 이런 분위기에서 쓸데없이 수다라니 촌스럽다고 생각하지만.

하지만 일 때문에 온 거니까 할 건 해야겠지. 서로 말이다.

"하지만……."

레리아렛이 힐끔 칼트리히를 바라보았다.

그의 속마음도 나와 같은 의견인 듯했다. 그러면 여기선 내가 밀고 나가야 하나?

"칼트리히 씨는 어떠세요? 더 얘기해 주실 생각 있으세요?"

"으음, 그렇지. 이야기를 한다는 전제로 불려온 거고, 개런티도 받았고, 얘기하고 싶은 마음도 있지만…… 미안하게도 나는 말주변이 없어서 무슨 말을 해야 할지조차 모르겠구나."

오, 이야기가 진행된다.

"게다가 나도 매직비전을 본 적은 있지만, 딱히 남에게 이야기할 만한 화제도 없고, 즐거운 이야기도 갖고 있지 않아. 솔직히 왜 출연 제의가 왔는지 모를 정도야. 그래도 꼭 좀 와달라고 해서 오긴 했는데, 역시 영 잘못 온 것 같은 느낌이구나……."

그거다.

그거면 되는 거다.

그 말을 카메라 앞에서 꺼냈으면 좋았을걸. 그게 바로 화제다. 화제의 계기다. 이야기는 그렇게 이어지는 것이다.

"그럼 여러 가지 여쭤봐도 될까요, 혹시 폐가 되는 건?"

목소리 톤이 조금 밝아진 레리아렛의 모습에 칼트리히는 크게 고개를 끄덕였다.

그리고 나는 그 옆에서 우리의 대화를 지켜보던 현장 감독에게 손가락을 움직여 보였다.

카메라를 돌리라고.

리스톤령의 촬영반이라면 알 수 있는 손 사인인데…… 다행이다, 통한 것 같다. 그보다 생각하고 있는 건 그들도 마찬가지였을 것이다.

영상을 사용할 수 있는지는 몰래 촬영했다는 것을 밝힌 뒤 칼트리히의 답변에 달려 있겠지만, 여기서 찍지 않는다는 선택지는 없다.

할 마음이 있다면 좀 심도 있는 화제를 던져도 괜찮겠지.

"처음 던전에 도전했을 때 무슨 일이 있었는지 알려주실래요?"

"응. 그건…… 내가 14살이 됐을 때였어. 엉성해 보인다는 말을 많이 듣지만 실제로는 신중한 성격이었거든. 모험가로서 알아야 하는 걸 제대로 배운 뒤에 움직이자고 생각한 나는 초보자용——."

이따금 튀는 장작 소리와 밤의 어둠을 몰아내는 불빛.

마음이 젖어 드는 편안한 시간 속에서 남자의 낮은 목소리는 늦은 시간까지 그칠 줄을 몰랐다.

　"――그런 일이 있어서 아주 즐거웠어."

　하루의 캠프를 보내고 다음 날 아침에는 실버가의 저택으로 돌아왔다.

　"그렇구나. 나도 동행했다면 좋았을 텐데."

　아침 식사를 마치고 오라비에게 돌아왔다는 사실을 보고했다. 오라비는 일단 이곳에서는 내 책임자니까.

　참고로 요즘 오라비는 계속 셋째 딸 리리미와 훈련을 하고 있다.

　"오라버니도 왔으면 좋았을걸."

　"내가 있으면 더 어수선했을 거야."

　누가 봐도 변명이다.

　올여름 현장에 가면 끝이라는 것을 배운 오라비는 매번 필사적으로 동행을 거부하고 있었다.

　앞으로는 어떤 말로 구슬려서 오라비를 매직비전에 내보낼지…… 또다시 고민해 봐야겠지.

　하지만 실제로 레리아렛의 정신이 팔리긴 하니까 완전히 변명이라고 할 수는 없지만.

　이래저래 실버가의 신세를 진 지 일주일이 지났다.

　되도록 가능한 만큼 넣어둔 이쪽의 촬영 스케줄도 안정되어 이제는 오전 중에 휴식을 취할 수 있게 되었다.

그래서 오늘은 리리미와 오라비 닐을 만나 마당에서 아침 수행을 하기로 했다.

"마, 말도 안 돼……."

"이제 끝내도 될까요?"

"다, 당연히 계속할 거야!"

실버가의 셋째 딸 리리미와 나의 시녀 리노키스는 아직도 대련을 계속할 모양이었다.

으음.

나쁘지는 않지만, 역시 리리미는 아직 멀었나.

멀쩡한 얼굴로 상대하고 있는 리노키스의 실력에 리리미는 꽤 놀란 눈치였다. 분명 자신이 아는 사범 대리보다 강하다는 것을 알아차렸기 때문이겠지.

리리미는 텐파류의 문하생으로, 지금은 학교 텐파류 사범 대리인 간돌프 밑에서 실력을 연마하고 있다.

하지만 입장만 말하자면 간돌프는 내 제자에 가까운 존재다. 나보다 본인이 더 스승이라고 부르고 싶어 했을 정도니까.

그리고 좀 더 말하자면 그는 리노키스에 이어 두 번째 제자가 되었다.

두 번째 제자보다 첫 번째 제자가 강하다는 건 딱히 드문 일도 아니다.

그러고 보니 레리아렛에게 배속된 키 큰 전속시녀 에스엘라는 아마도 '기'를 습득하고 있는 것 같던데. 혹은 그와 가까운 위치에 있을 것이다. 그러니까 간돌프보다는 그녀가 더 강했다.

뭐, 힘을 과시하지 않는 한 아무도 알 수 없는 일이겠지만.

참고로 레리아렛도 무술을 하고 있지만, 아직 초보 단계였다.

게다가 지금은 오라비 널이 있다. 오라비 곁에 있으면 마음이 들떠 훈련이 안 된다는 이유로 지금은 다른 곳에서 전속시녀에게 단련을 받고 있었다.

남의 집안 사정은 그렇다 치고.

공포의 37편 촬영의 후유증과 낯선 땅에서의 일 때문에 최근에는 나 자신의 수행은 고사하고 리노키스를 제대로 살펴주지 못했다.

슬슬 제대로 단련해 주고 싶은데.

여름 방학은 대략 한 달 반, 40일 전후.

새 학기 전날까지는 기숙사로 돌아가야 한다. 하지만 나는 촬영도 겸하고 있었기에 예정은 간략하게만 정해져 있었다.

아마도 최대 2, 3일은 바뀔 가능성이 있었다.

게다가 여름 방학 마지막 5일은 힐데트라의 주선으로 왕족의 프라이빗한 섬에서 보낼 예정이다.

하지만 사실상 그녀도 촬영의 영향으로 제대로 된 일정을 잡지 못했다.

5일의 휴가를 내고 섬에 가는 것은 결정됐지만 정확한 일정은 아직 정해지지 않은 것이다. 최악의 경우 그 5일조차 휴가를 낼 수 없을지도 모른다고.

나는 앞으로 며칠 정도 더 실버가의 신세를 진 뒤 왕도에 갈 예정이다.

이번에는 힐데트라와 함께 왕도 방송국의 촬영이 시작된다.

그리고 마지막 5일의 휴일은 왕도에서 일을 마무리하고 부유섬에서 휴가, 라는 흐름이었다.

……그보다 지금부터 왕도에서도 일인 건가.

내가 말하는 것도 그렇지만 나는 일을 너무 많이 하는 거 아닐까?

"──음?"

아무리 매직비전을 팔아야 하는 중요한 시기라고 해도, 역시 이 양은 좀……. 그렇게 생각하고 있을 때, 시선을 느끼고 뒤를 돌아보았다.

그러자.

"……."

수풀 사이로 슥 숨는 여자가 있었다.

숨는 동작이 너무 느려서 전부 다 보이는 데다, 숨은 뒤에도 드레스 끝자락이 드러나 있다. 저건…… 숨으려고 하는 건가? 아니면 일부러 들키려고 움직이는 건가? 이쪽에서 말을 걸어주기를 기다리는 건가?

이따금 보이는 그녀는 대체 누굴까.

아니, 어쩐지 답은 알 것 같지만.

이 집에서 드레스를 입고 있는 낯익은 여자라고 하면 실버가의 가족 관계자밖에 없었다. 설마하니 하인은 아니겠지.

하지만 그렇다고 해도.

이쪽이 어떻게 움직이는 것이 정답인지 알 수 없으니 쉽사리 움직일 수 없었다.

어린아이들만 신세를 지고 있는 이상 뭔가 무례한 일이 생겼을 때 뒷수습을 해줄 어른이 없다. 오라비한테 그것을 맡길 수도 없고.

설사 빅슨 실버가 이 정도에 화내지 않을 사람이라는 것을 알고 있어도, 그것과 이것과는 이야기가 다르다. 분란을 일으켜서 좋을 게 없다.

리스톤가 사람으로서 이럴 때는 어떻게 움직이는 것이 정답일까.

이대로 기다리면 되는 것일까, 아니면——.

"히익, 히익."

호흡이 거칠다. 다리가 떨린다. 허리는 아예 처음부터 뒤로 쭉 내빼고 있다.

"무, 무리야…… 이 이상은……."

실버가의 둘째 딸 리클비타는 그녀 나름대로 노력했다.

추악한 변태에 저질 빈유라도 그곳이 은근한 매력 포인트라고 생각하는 비열하고 비굴하고 냄새나는 징그러운 인간이라 요즘은 밖에도 나가지 않아 태양과 사이가 아주 먼 여자지만, 그녀 나름대로 최선을 다했다.

열광적인 팬인 리스톤가의 아이 니아와 닐이 왔다.

한쪽만으로도 기쁜데 둘이 함께 온다는, 대체 무엇에 비유해야 할지 모를 수준의 행운이 찾아왔다.

틀림없이 최근 몇 년 사이 가장 큰 사건이다.

이렇게 심장이 두근거리거나 맥동이 심해져서 땀의 양이나 손바닥의 습기가 비정상적으로 높아졌던 것은 초등학부 때 익숙하지 않은 운동을 하다가 쓰러졌을 때 이후로 처음이다.

이들이 온 날부터 리클비타는 노력은 하고 있었던 것이다.

예의에 어긋나지 않도록 첫째 딸이 디자인한 트렌디한 정장용 드레스를 입고.

시녀에게 부탁해서 나이에 맞는 메이크업을 받고.

부스스한 빨강머리도 잘 세팅하고.

물론 옷을 입기 전에 목욕도 했다.

꽤 분발해서, 정말 최선을 다해서 자신이 간직한 잠재력 이상의 청결감을 강제로 끌어냈다.

그런 모습을 일주일 내내 만들고 있었다.

하지만 마지막 한 걸음을 내딛지 못하는 것이다.

첫째 날은 아침부터 준비를 마치고 안절부절못하며 반나절 넘게 기다렸고, 막상 니아 일행이 도착했다는 소식을 들었을 때는 지쳐서 움직이지 못하게 되었다.

둘째 날은 아침 식사에 동석하려다 의문의 복통에 사로잡혀 앓

아누웠다.

셋째 날은…… 뭐, 이후에도 여러 일들이 있었다.

그렇게 이래저래 벌써 일주일이 흘렀다.

지난 일주일간 니아와 닐에게 인사할 기회를 엿보며 가까이 다가갔지만, 마지막 한 걸음을 떼지 못하고 있었다.

어릴 때부터 그림만 좋아하고 사람 사귀는 것엔 서툴러서 익숙한 가족과 가까운 시녀를 제외하고는 제대로 이야기하지 못했다.

그런 성격에서, 인간관계에서 도망치듯 그림에 더 매진하다 지금에 이르렀다.

학교의 중등학부를 졸업한 뒤 집에 틀어박혀 그림만 그려왔다. 지금 생활은 나름대로 행복했지만 아주 조금은 지루했다.

대략 2년 전 그런 일상에 찾아온 변화가 바로 매직비전이다.

집에 있어도 먼 곳을 볼 수 있다, 연극을 볼 수 있다, 유명인의 이야기를 들을 수 있다.

은둔형 외톨이로 지내던 리클비타는 매직비전에 강하게 이끌렸고——그리고 만났다.

병상에서 복귀했다는 니아 리스톤과.

물론 힐데트라도 좋아했지만, 처음 매직비전에 나왔던 니아의 연약함 때문에 걱정되는 마음에 눈을 뗄 수 없게 됐다.

그것이 시작이었고, 어느덧 건강한 니아의 모습을 보는 것이 매일의 즐거움이 되어 있었다.

이러니저러니 해도 팬인 것이다.

동성이기 때문에 아무래도 이성 간에 있을 법한 이런 일이나 저런 일을 하고 싶지는 않지만, 누드는 그리고 싶은 마음이 있었다. 그런 흑심은 분명히 있다. 제대로 있다. 그래서 벌거벗은 몸을 망상해 보기도 하고 그건 그거대로 흥분된다. 어린 여자의 알몸을 보고 싶어 하는, 그런 예술에 미친 여자였다.

5계급 실버가의 일원으로서 인사 정도는 해야 했다. 게다가 상대는 4계급 리스톤가다. 하지 않을 수 없는 것이다. 그 정도는 리클비타도 알고 있다.

그래서 노력은 하고 있다.

실버가 사람들도 둘째 딸이 나름대로 최선을 다하고 있다는 것을 알고 있었다. 알고 있었기 때문에 더 강하게 등을 밀지 못하고 있었다.

그 정도로 내성적이고 허약한 것이다.

하지만 솔직히 본인은 현실의 니아와 닐의 모습을 꽤 가까이서 볼 수 있는 것만으로 비교적 만족감을 느끼고 있기도 했다.

각오를 다졌음에도 마지막 한 걸음을 내딛지 못하는 것도 이미 만족감을 느꼈기 때문인지도 모른다.

"……오늘도, 애썼다."

더 이상은 무리다. 맥박이 위험하다. 심장이 터질 것 같다. 겨드랑이 땀이 너무 신경 쓰인다. 이미 손바닥은 땀으로 흥건했다.

더는 순결한 아이들 앞에 나설 수 있는 육체가 아니게 되고 말았다. 이 몸은 더러워지고 말았다.

그나마도 없던 청결감이 더 없어졌다. 그렇게 판단하고 방으로 돌아가기로 했다.

아버지나 언니가 말한 대로 실버 가문의 사람으로서 인사 정도는 해 두고 싶다, 라는 마음은 확실하게 있었다.

하지만 중증 은둔형 외톨이에겐 꽤 어려웠다.

"안녕하세요."

…….

발길을 돌리려던 그 시선 끝에, 조금 전까지 열중해서 바라보던 흰머리의 어린 소녀가 있었다.

투명한 푸른 눈동자가 더러워진 여자를 물끄러미 바라보고 있다.

아까까지 저 너머에 있었는데.

왜 지금 이곳에 있는 것인가.

그런 당연한 의문이 떠오르기도 전에 리클비타의 입에서 나온 것은.

"히."

"히?"

"히이이이이이이이이이익!!"

새된 비명이 실버령의 하늘에 울려 퍼졌다.

훌륭한 비명이었다.

비유하자면 비단 몇 장은 거뜬히 찢어버릴 것 같은, 강한 감정

이 실린 처녀의 비명이었다.

눈을 까뒤집고 하늘을 향해 짖는 표정은 제법 귀기가 느껴졌다.

가까이 있던 오라비와 리리미와 리노키스, 다른 곳에서 땀을 흘리고 있던 레리아렛과 그녀의 시녀, 그리고 실버가의 하인들이 한데 모였다.

오라비와 리노키스를 제외하고는 웅크리고 머리를 싸맨 채 덜덜 떨고 있는 붉은 머리의 여자를 보며 조금 난처하다는 표정을 지었다.

저 얼굴은 그것이다.

실버가에 도착하자마자 오라비가 둘째 딸 리클비타의 이름을 꺼냈을 때의 빅슨 실버의 반응과 꼭 닮았다. 레리아렛과 리리미의 표정도 그때를 재현한 듯 똑같았다.

다행인지 불행인지 아버지와 첫째 딸은 일 때문에 부재중이지만.

……음, 판단 미스인가.

인사를 했어야 하는 게 아니었나.

아니면 비명을 지르기 전에 손등을 내려쳐 기절시킬 걸 그랬나.

하지만 역시나 정체가 확실하지 않은 상대에게, 그것도 여자에게 손을 대기는 꺼려졌다.

상황을 짐작한 것인지 아무 말도 하지 못하는 하인들.

이쪽으로 엉덩이를 향한 채 와들와들 떨고 있는 비명녀.

그리고 사정을 모르는 외부인이라 아무 말도 할 수 없는 나.

누구 하나 입을 열지 못하고 쉽사리 움직일 수 없는 분위기에 휩싸여 있던 와중──.

"해산! 아무 일도 없었으니까 다들 해산해!"

용맹하고 과감한 리리미가 호령을 내렸다.

"니아도 닐도 아무것도 못 봤지?"

우리로서는 고개를 끄덕일 수밖에 없었다.

사실 꽤 내성적인 타입인 것 같아 먼저 말을 걸어본 것뿐이다.

딱 한 마디 말을 건 것뿐인데 이런 소동이 벌어졌지만, 결코 분란을 일으킬 생각은 없었다. 이 상황도 바라던 바는 아니다.

"이렇게 된 이상 제대로 인사시킬게. 조금만 시간을 줘."

뭐, 손님에게 인사를 받자마자 비명을 내지르며 거부해 버린다면 귀인의 입장상 오점일 뿐이라는 것쯤은 나도 알고 있다.

그래서 리리미는 하인들에게 '아무 일도 없었다'라고 말했고, 우리에게는 '아무것도 못 봤지?'라며 확인한 것이다.

다시 제대로 인사시킬 테니 없던 일로 해달라고.

"니아, 좀 이르지만 이제 들어갈까? 목욕하러 가자."

레리아렛이 억지로 내 손을 잡아끌었다. 아직 들어가긴 이르잖아. 수행을 시작한 지 얼마나 됐다고. 기합이 좀 빠진 리노키스도 제대로 봐주고 싶은데…… 라고는 생각했지만, 역시 여기서는 따르는 편이 좋을 것 같았다.

"그럼 나도 들어갈까?"

오라비도 마무리하기로 한 것 같았다. 역시 그편이 낫겠지. 레리아렛이 "어, 같이……?"라며 뜨거운 목소리와 한숨을 내쉬었는데, 이 녀석 혼욕을 떠올렸구나.

오라비는 안 갈 거다.

이번 여름, 가면 끝이라는 걸 배웠으니까.

그렇게 돼서.

"처음 뵙겠습니다, 리클비타 님. 닐 리스톤입니다."

"처음 뵙겠습니다, 리클비타 님. 니아 리스톤입니다."

둘 다 리스톤가 남매다. 여동생의 내용물은 좀 다르지만.

목욕을 마치고 정원 앞에 내놓은 테이블에 앉아 차를 마시고 있자 곧 응접실 같은 방으로 안내되었고——다시 한번 인사를 하게 되었다.

한껏 굳은 채 긴장하고 있는 붉은 머리의 여자와 이번에야말로 다시 인사를 했다.

"리리, 리, 리리, 리클, 입니다, 아까는 죄송했습니다……."

덩그러니 의자에 앉은 그녀는 긴장감에 차 있었다. 어조도 굳어 있다.

눈이 이리저리 굴러다니고 있고, 계속 안절부절못하며 수상한 거동을 보이고 있긴 하지만…… 응, 작고 귀여운 아가씨다. 원피스 같은 심플한 드레스도 무척 잘 어울린다.

실버가의 둘째 딸.

깊이감에 약간의 차이는 있으나 모두 붉은 머리에 회색 눈동자를 갖고 있었다. 자매라는 말을 들으니 금방 납득이 갔다. 아, 레리아렛은 혈연을 입양한 거라고 했었나? 하지만 똑같이 생겼다.

나이는 그녀에게 딱 달라붙듯 서 있는 리리미보다 많을 텐데도 몸집이 작은 데다 어려 보이는 생김새 때문에 동갑이나 연하로 보일 정도였다.

그녀가 리클비타, 인가. ……뭐랄까, 극도의 대인기피증이라도 있는 걸까.

"인사가 늦어서 미안해요. 보시다시피 좀…… 낯을 많이 가려서, 모르는 사람과는 대화를 잘 못 해요."

보이는 그대로의 모습을 리리미가 설명해 주었다.

"모르는 사람이라는 건 가족이라면 아무렇지도 않다는 건가요?"

내가 묻자 리리미는 고개를 끄덕인다.

"네, 뭐…… 오히려 가족 외에는 제대로 대화할 수 없다고 할까요……."

흐음.

그럼 그건가.

"리클비타 님은, 저의 첫 무대를 보러 와주셨죠? 《연모하는 연인》."

학교에 입학하자마자 그런 이야기를 레리아렛에게 들은 기억이 있다.

부친과 둘째 딸이 함께 연극을 보러 갔다, 라는 식의 이야기를. "나는 가지 않았지만!" 하는 이야기를.

둘째 딸에 대해 들은 이야기는 그것뿐이었을 것이다. 아, 개국식 때도 들었구나. 딱 그 정도였다.

가족은 괜찮은 거라면 연극을 보러 갔다는 말도 사실이겠지.

일단 나도 리스톤 가문의 일원이다, 최소한의 귀인다운 예절 정도는 몸에 익히고 있다…… 있을 것이다. 아마.

"와주셔서 감사해요. 즐거우셨나요?"

무엇에 매력을 느꼈는지 모르지만, 그녀는 그 연극을 보러 와 준 것 같다.

이 상태라면 왕도에 가는 것만으로도 큰 부담이었을 텐데.

"으, 으, 응……."

상당히 힘겨운 대답이지만 리클비타는 어린 얼굴을 더 어리게 만들며 수줍어했다.

"처, 처음 보는 현실 니아가, 으헤헤, 좋았어……!"

…….

"오늘은 이 정도로만 할까요!"

어쩐지 리클비타에게서 음험하고 흑심이 느껴지는 듯한 열렬한 시선을 받은 것 같은데, 그것은 우리의 시선 위로 달려든 리리미에 의해 가로막혔다. 잘못 봤다고 생각하고 싶다. 오해도 변명도 통하지 않을 정도로 눈이 마주쳐 버렸지만.

뭐, 아무튼.

리클비타가 어떤 영애인지는 잘 모르겠지만, 실버가 사람들 모두가 떨떠름한 표정을 짓던 이유는 확실히 알 것 같았다.

"이미 얼굴을 봤다고 들었네만, 다시 한번 소개하지. 둘째 딸 리클비타라네."

오전 중에 있었던 둘째 딸 리클비타와의 소동으로 뭔가 전체적으로 다 꼬여버린 느낌은 들지만.

그녀와는 저녁 식사 자리에서 다시 만날 수 있었다.

오후 촬영을 마치고 돌아와 같은 테이블에 앉은 빅슨 실버에게 정식으로 소개받은 것이다.

"아, 안녕하세요, 오늘 아침에는…… 우후……."

리클비타는 그제야 정식 석상에 나와 인사를 건넨 셈이었다.

사교성 미소가 애처로울 정도로 굳어 있지만.

"다시 한번 인사드립니다. 닐 리스톤입니다."

"니아 리스톤입니다. 잘 부탁드려요."

10살도 안 되는 나이의 오라비가 정중하게 인사했다. 이어서 나도 인사했다.

"소개가 늦어서 미안하군. 보다시피 낯가림이 심해서……. 무리해서 소개해도 서로 불편하게 할 것 같아 자발적으로 하게 하려고 생각하고 있었네만……."

"그렇다면 예정대로 됐네요. 리클비타 님은 자발적으로 저희를 만나러 오셨습니다."

역시 오라비, '그 부분은 이제 충분하다'라는 의미를 담아 말을 보탰다.

사실 리클비타가 우리를 만나러 왔다는 말은 사실이다. 거짓말은 아니다. 만나지는 못했지만, 그녀의 존재는 저택에 온 이후로 몇 번이나 인식하고 있었다. 계속 대놓고 숨어 있었으니까.

그리고 오늘 있던 그 일도 대단한 일은 아니다.

좀 살짝 놀래킨 것과 거의 다르지 않은, 가벼운, 그런 가벼운, 너무 가벼워서 깃털 같은, 더 이상 무게가 존재하지 않는 게 아닐까 싶을 만큼 가벼운 해프닝이 있었을 정도니까, 특별한 문제는 없을 것이다. 이 정도면 그냥 아무 일도 없었던 수준이다.

그보다.

이로써 실버가의 전원이 이 자리에 모였다.

당주인 빅슨 실버.

첫째 딸 라피네.

둘째 딸 리클비타.

셋째 딸 리리미.

그리고 제일 익숙한 막내딸 레리아렛.

며칠 후 왕도로 향하는 이 타이밍에 만났으니 운이 좋았다고 해야 할까 나빴다고 해야 할까.

뭐, 앞으로의 교류를 생각하면 인사해 둬서 손해는 없을 것이다.

앞으로도 실버가에 방문할 일은 있을 테고, 이 저택에서 묵고 가는 일도 얼마든지 있을 것이다.

하지만 과연 친목을 다질 필요는 있을까?

낯가림이 심하다는 것도 잘 알았고, 지금도 꽤 무리해서 사교성 미소를 나에게 보내오고 있는 둘째 딸.

도대체 어떤 거리감을 유지해야 좋은 것일까. 아니면 차라리 떨어져 있는 편이 나을까.

"그렇지. 리클은 그림에 소질이 있어서 늘 방에 틀어박혀 그림을 그리지. 이참에 보여주는 게 어떠냐?"

그래, 이렇게 권유받은 경우.

이쪽이 먼저 다가가지 않으면 변화는 일어나지 않을 것 같지만…… 상대는 거리의 변화를 바라는 것일까. 아니면 사양해야 하는 것일까.

"──우홋? 아, 아버님, 그건 부끄러워요……."

하지만 머뭇거리는 리클비타의 그 느낌은 부끄럽지만 봐달라고. 그렇게 생각하고 있는 것 같았다. 느낌으로 알 것 같다. 말이나 태도로는 거부하지 않는다는 것이 느껴졌다.

하지만 문제는 이쪽이다.

나는 사양해야 할까, 아니면 흐름을 타야 할까.

오늘 아침 비명을 들은 입장으로서는 신경 쓰지 말라는 쪽이 무리인 이야기──.

"네, 물론이죠. 폐가 되지 않는다면 꼭 보고 싶습니다."

아, 고민할 여지가 없었다.

오라비가 귀인다운 정중한 답변을 한 덕분에 내가 고민할 이유가 사라졌다. 이렇게 된 이상 가지 않을 수 없다.

뭐, 상관없나.

리클비타도 거부하지 않는 것 같고. 자연스럽게 거리감도 잡을 수 있겠지.

——결론부터 말하자면, 이 권유가 새로운 기획의 가능성이 되었다.

저녁 식사가 끝난 후, 나와 오라비와 리클비타, 그리고 아마 모든 면에서 걱정이 되어 나섰을 자매들과 하인들 몇 명이 달라붙어 리클비타의 방을 찾았다.

가장 먼저 도료 냄새가 코를 찔렀다.

어둑어둑한 방에 혼잡하게 놓인 캔버스와 이젤이 눈을 뜨고 보기 힘들 정도로 어질러져 있었다.

불을 켜자…… 그렇군. 테이블과 의자와 그림 재료 정도뿐이다. 이곳은 마치 개인실이 아니라 그림을 그리기 위한 방 같았다. 아틀리에라고나 할까.

"정말이네, 굉장하다……."

나는 잘 모르겠지만, 미적 감각이 좋아 보이는 오라비의 눈에는 눈길이 가는 그림이 많은 듯했다.

나는…… 역시 잘 모르겠다.

풍경화나 인물화는 그나마 알겠지만, 추상화는 전혀 모르겠다.

특히 모델에서 이미지만 추출해 다른 모티브로 그려낸 그림은 전혀 그 의미를 알지 못했다.

물론 뭔가 느껴지는 것이 완전히 없는 것은 아니었지만…… 이건 해마인가? 아닌가? 지팡이를 짚은 노인? ……잠깐, 지팡이를 짚은 노인?! 이게?! 해마가 아니라?! 어디가 노인이고 어디가 해마?! 아, 해마가 아니라고 했나…… 역시 나는 잘 모르겠다. 해마로만 보이는 난해한 그림이다.

"나도 잘 모르겠어. 기술이 뛰어나다는 건 알겠지만."

레리아렛도 나와 같은 의견인 것 같았다. 그렇지, 이건 아무리 봐도 해마 맞지? 아니야? ……크루아상? 어, 이게 크루아상?! 어딜 어떻게 보면 크루아상이 되지?! 이 해마 머리 주변의 선이 크루아상처럼 보이나?! 이건 해마잖아! ……아, 아닌가? 지팡이를 짚은 노인이었구나. ……그렇구나, 뭐, 그렇겠지. 즉 해마를 닮은 노인이라는 거네. 어쩌면 늙은 해마 노인일 수도 있고.

"이것도 정말……."

"좋네. 또 몇 장 받아 갈까?"

오라비와 첫째 딸 라피네는 하인들이 보기 좋게 늘어놓은 그림을 한 장 한 장 보며 탄성을 내뱉고 있다.

이것이 감성의 차이란 말인가? ……저건 소 맞지? 어? 아니야? 알고 있었다. 소로 보이지만 소가 아닌 뭔가라는 건 알고 있었어. 소 모양의 뭔가잖아? 그 정도 센스는 나한테도 있다.

"저기, 니아, 이거."

레리아렛, 그리고 셋째 딸 리리미까지 함께 고개를 갸우뚱하자 리클비타는 캔버스가 아닌 스케치용 종이 뭉치를 가져왔다.

"……아, 이건 저라도 알겠네요."

나다.

목탄으로 겹겹이 그려진 선 위에 떠오른 모노톤의 그림은 내 얼굴이었다.

마치 매직비전에 비친 영상을 그대로 잘라낸 것처럼, 정밀하면서도 어딘가 따스함이 느껴지는 살아있는 그림이었다.

"레리아 것도, 있어."

"아…… 굉장하다."

종이 뭉치는 모두 인물 스케치였다.

나와 오라비도 있지만 대부분 실버가의 가족이나 하인이 모델이었다. 아, 벤델리오 그림도 있다. 느끼한 부분까지 충실하게 그려져 있어서 열 받을 정도다.

이렇게 알기 쉬운 걸 보니 확실히 그림을 잘 그린다는 것을 이해할 수 있었다.

"리클 언니는 이런 그림도 그렸었구나."

"응, 가끔……. 보여줄 기회는 많이 없었지만……."

리리미가 순순히 감탄했다. 그녀는 학교생활로 집에 부재한 탓에 의사소통이 더 적어진 모양이었다.

"그러고 보니 내가 어렸을 때도 그림책이나 종이 연극 같은 걸 만들어줬었지?"

"응……."

리클비타가 쓸쓸하게 웃었다.

"……리리미는 밖에서 노는 걸 더 좋아하고, 거기에 무술까지 시작해서 금방 싫증 내 버렸지만…… 그보다는 한 번도 제대로 봐주지 않았지만…….”

“……미, 미안해.”

“……내가 혹시 미움받는 건 아닐까 싶어서 점점 우울해지고, 점점 더 밖에 나가기 싫어져서…….”

“미, 미안해! 미안하다고!”

…….

“니아! 저쪽 데니시 같은 이상한 그림을 보러 갈까!”

갑작스럽게 집안싸움이 시작되려는 분위기에 레리아렛이 나를 떨어뜨려 놓으려고 했다. 하지만──.

“……그림책이나 종이 연극이라.”

그 발상에 나는 생각에 잠겼다.

매직비전 촬영은 실제로 일어난 일을 기록하는 것이다.

반대로 말하면 실제로 일어난 일 외엔 촬영할 수 없다.

소리 정도는 나중에 덧붙일 수 있지만, 영상은 그럴 수 없다.

하지만 그림이라면 어떤가?

그림을 비추면 그것은 '실제 일어난 일'이 아니더라도 영상으로 만들 수 있다.

현장에서 날씨를 걱정하거나 출연자의 기분이나 컨디션에 좌우되거나 예기치 못한 트러블로 촬영이 중단되는 일도 없다.

실내에서, 방해가 되지 않는 환경에서, 조금의 예정도 어긋나지 않고 촬영할 수 있지 않을까.

게다가 그림이라면 실제로 일어날 수 없는 일이라도 영상으로 만들 수 있다.

예를 들면 과거에 실재했던 영웅과 특급마수의 싸움 같은 것들 말이다.

어쩌면 이것은 매직비전이 품고 있는 하나의 가능성이 아닐까.

그림이라.

그림책, 종이 연극이라.

충분히 먹힐 것 같다.

힐데트라에게 상담해 봐야겠네. 아니, 벤델리오를 먼저 봐야 하나? 리스톤령에서 해야 할 기획인가?

그리고 어떻게 해서든 리클비타를 빼낼 수 없을까.

그녀의 그림 실력은 확인했다.

만약 '그림 촬영'을 매직비전업계에 투입할 수 있다면, 그녀만 한 실력을 갖춘 화가는 귀중했다. 꼭 확보해 두고 싶었다.

"아, 니아."

손을 잡아당겨도 움직이지 않는 내 모습을 들여다보던 레리아 렛이 문득 무언가 알아차렸다는 듯 말했다.

"지금 그림을 매직비전에 쓸 수 없을까, 라고 생각했지?"

뭐?! 드, 들켰다고……?!

지금 이 상황에서 조금이라도 정보가 새 나간다면 확실하게 실 버령이 가로챌 거야!

"하하하하하하하하하! 음음, 무슨 말인지 전혀 모르겠는데?

그런 것보다 손 좀 잡아도 될까?"

"아, 또 저번처럼──아야야야."

둘러대는 거야! 어떻게든! 지금을 넘기는 거다!

"니아! 뭐 하는 거야!"

"봐, 오라버니. 이 손을. 참 귀여운 손 같지 않아?"

"아야야야!"

아슬아슬하게 팔꿈치에서 손목까지 관절을 최대한 조이면서 오라비에게 레리아렛의 손을 내밀어 보았지만, 속이는 것에 실패했다.

"그만해! 아파하잖아! 이거 놓, 놓으…… 뭐, 뭐야 이거?! 엄청난 힘이야…… 전혀 안 빠져!"

결국 오라비한테 혼이 나고.

"호오? 매직비전에서 그림을? ……즉 종이 연극 같은 것인가?"

게다가 빅슨에게는 떠오른 아이디어를 고스란히 빼앗기고.

"그거 흥미롭군. 모험가의 일화나 모험담을 영상화할 수 없을까 고민하고 있었는데, 그래, 그림이야. 그림이라면 실제로 할 필요도 없잖아."

순식간에 실용화할 아이디어까지 세워지고.

"어떠냐, 리클. 해볼 터냐? 왕족이나 귀인에게 파는 그림이 아니라 대중을 위해 그림을 그리는 거다. 네 이름을 널리 알릴 절호의 기회가 될 수도 있어."

"음, 저는 상관없어요. 어떤 그림도 다 좋아하니까……."

급기야 리클비타까지 확보되고 말았다.

둘째 딸의 아틀리에 방문한 다음 날 아침.

아침 식사 자리에서 레리아렛이 당당하게 빅슨 실버에게 일러바쳤고, 순식간에 이야기가 끝나버렸다.

비유하자면 팀전에서 선봉이 전원을 상대로 다 이겨버려서 아무런 희망 없이 참패한 상황이랄까.

정말 뜻대로 되지 않는 법이다.

완력이라면 이 몸으로도 그렇게 쉽게 지지는 않을 텐데. 그 외에는 지는 것들이 많다. 벤델리오에게는 계속 지고 있고. 열받게.

주먹 하나로 해치울 수 있을 만큼 단순한 세상이 아니란 말인가.

전생에서는 세계가 조금 더 단순했던 것 같은데…… 뭐, 됐다.

냉정하게 생각하면 애초부터 승산은 없었다.

떠올린 타이밍도 안 좋았고, 리클비타가 실버가의 일원인 이상 그녀를 확보하는 것도 어려웠으리라.

게다가 실버령도 매직비전업계에 뛰어든 이상 많은 돈을 투자하고 있다. 심지어 이제 막 참가했다.

새로운 기획을 생각해 내면 어떻게든 형태가 될 만한 물건으로 만들고 싶다고 생각하는 것은 당연했다.

……그래. 어쩔 수 없지.

이렇게 된 이상 생각을 바꾸자.

우선 실버 채널 매직비전에서 진행하는 종이 연극의 완성도와

방향성, 그리고 반응을 조사한 다음, 혹은 새로운 것을 개척한 다음 나서는 것도 나쁘지 않겠지.

때늦은 출발에도 그 나름의 방식이 있다.

그들이 실패했다면 실패한 대로 다른 것을 찾으면 되고, 성공했다면 성공한 대로 선구자가 만든 성공의 길을 따라가면 그만이다.

우선 벤델리오에게 보고하고, 앞으로의 실버령 동향 감시와 하루빨리 화가를 찾아둬야 한다는 뜻을 전해두자.

새로운 아이디어가 나오자마자 실버가는 정신없이 분주해졌다.

"죄송합니다. 어쩐지 다들 바빠지셔서……."

그런 와중에도 나는 예정대로 일했고, 마지막 떠나는 날…… 실버가 사람들이 모두 모인 배웅 인사도 건성으로 마치고는 다들 금세 흩어져 버렸다.

구체적으로는 우리를 내팽개치고 바로 근처에 세워둔 영지의 비행선에 올라 일을 하러 가버렸다. 리클비타까지 끌려갔다.

일단 비행선 승강장까지 바래다주긴 했지만, 그것은 그들도 이곳에 볼일이 있었기 때문이었다.

유일하게 남은 사람은 레리아렛과 시녀 에스엘라뿐이었기에 둘 다 어색한 표정을 짓고 있었다.

"빅슨 님께는 신경 쓰지 않는다고 전해줘."

누가 보기에도 정말 바빠 보였을 정도이니 오라비의 대답도 정해져 있었다.

이 상태라면 빅슨 실버는 상당히 서둘러 종이 연극 기획을 만들어낼 것이 틀림없다.

이르면 여름 방학이 끝났을 때 이미 매직비전에서 종이 연극을 볼 수 있을지도 모른다.

"또 보자, 레리아."

그리고 레리아렛도 바쁘다는 것을 알고 있었기에 우리는 서둘러 돌아가는 것을 택했다.

"응. 힐데 님과 섬에서 만나자. ……만날 수 있다면 좋겠지만."

어쩌면 레리아렛도 함께 왕도에 갈지도 모른다는 이야기도 있었는데.

갑자기 종이 연극 기획이 생기는 바람에 완전히 무산됐다.

왕도에서 함께 일한 뒤 그대로 마지막 있을 5일의 휴가에도 참가할 예정이었는데…… 이 상태를 보면 그녀도 확실하게 바빠지겠지.

그리하여 우리는 고풍스러운 취향이 담긴 비행선에 올라 분주해진 실버령을 떠나는 것이었다.

"어서 오세요, 니아 씨."

실버령을 출발해 다음 날 이른 아침 왕도에 도착했다.

예정대로 항구에 도착한 우리를 왕도의 촬영반이 기다리고 있었다.

검은 바지 정장에 검은 테 안경, 검은 머리에 깊은 남색 눈동

자. 날씬한 장신에 빈틈없어 보이는 20대 후반의 여자.

그녀가 바로 왕도 촬영반 대표 미르코 타일이었다.

여름 방학 직전 왕도 방송국에 인사하러 갔다가 마주한 인물이다.

대표…… 말하자면 현장 감독이다. 리스톤령에서 보면 벤델리오다.

지금까지도 왕도 방송국의 일은 몇 가지 했었지만, 처음 그녀와 만난 것은 인사하러 갔을 때뿐이다.

현장에는 자주 나가지 않는 것인지, 아니면 우연히 내가 촬영에 참여할 때 없었을 뿐인지는 모르겠다.

어쨌든 그녀와는 힐데트라의 소개로 만나게 되었다. 힐데트라가 그녀를 신뢰한다면 나도 믿어도 되는 거겠지.

"바로 촬영해도 될까요?"

오, 갑작스럽네.

여기서 만나기로 약속했기에 일부러 도착 시간을 조정해서 왔는데, 이렇게 곧바로 일에 들어갈 줄은 몰랐다.

"알겠습니다. 가죠."

물론 내 대답은 변함없겠지만.

"여동생을 잘 부탁드리겠습니다."

"네, 정식 인사는 나중에 여유가 있을 때."

오라비와 가볍게 인사를 나눈 미르코는 나를 가로채듯 데려가 근처에 세워둔 비행선에 올라탔다.

여기서부터는 오라비 일행과는 개별 행동이었고, 나는 리노키스만 데리고 움직일 예정이었다.

"다짜고짜 움직여서 죄송해요. 서두르면 힐데 님 촬영에 합류할 수 있을 것 같아요."

미르코가 그런 말을 하는 사이 배가 움직이기 시작했다.

"애초에 일을 하러 온 것이니 상관없어요."

리스톤령에서 보냈던 지옥을 생각하면 이 정도는 아무것도 아니다.

항구에서 손을 흔드는 오라비에게 마주 손을 흔들어주고, 몸을 돌렸다.

"그래서, 전 현지에서 뭘 하면 되죠?"

"개 관련 기획이에요."

……아, 그렇군.

개와 함께 달리는 것이 정말 반응이 좋은가 보다. 이번 여름에만 리스톤령, 실버령 합쳐서 열 편 이상은 찍었다.

"개 두 편 촬영이에요. 가능하면 네 편 촬영."

……음? 네 편이나 찍는 건가?

벤델리오도 무자비한 스케줄을 넣었었는데, 설마 미르코도 그런 말도 안 되는 스케줄을 넣는 건 아니겠지?

"니아!"

왕도 촬영반 대표 미르코 타일과 향한 부유섬에서 무사히 제3 왕녀 힐데트라와 합류할 수 있었다.

"오랜만이야, 힐데."

먼저 도착해 있던 같은 비행선 옆에 도착하여 배에서 내리자 그녀가 있었다. 신분이 신분이다 보니 사복을 입은 호위가 몇 명 붙어 있다. 아마 기사겠지. 하지만 그다지 강하지는 않았다.

그건 그렇고.

한 달 정도 만나지 못했던 힐데트라는 아이답게 건강해 보였다.

"독특한 차림을 하고 있네."

왕족의 증거인 투명한 녹색에 붉은 점이 찍혀 있는 눈동자도 평소와 같다.

하지만 스타일은 다르다.

긴 금발을 묶고 있었고, 거기에 분홍색의 귀여운 점프슈트를 입고 있다.

장화를 신고 장갑까지 끼고 있어 완전히 야외 작업복 차림이다.

어엿한 왕족에 왕녀인 만큼 제대로 차려입은 모습의 힐데트라밖에 본 적 없었는데…… 뭐, 어린애라 그런지 이런 씩씩해 보이는 복장도 제법 어울린다.

그보다는 내 작업복과 거의 같은 디자인으로 색깔만 다르게 한 것을 보니 일부러 맞춘 것 같았다.

"지금부터 목장 일을 도우러 갈 거예요. 니아도 같이 갈 거죠?"

"응, 보다시피."

어쨌든 나도 색깔은 다르지만, 지금 그녀와 같은 차림을 하고 만반의 준비를 하고 있으니 말이다.

이 섬은 작다.

가구수도 적어 십여 명 정도가 목장과 밭일을 하고 있었다.

부유섬의 생태계는 섬마다 독자적인 진화를 이루고 있다.

과거 바다에 뿌리박혀 있던 대지를 부쉈다는 특급 마수 '대지를 찢는 자 비케란더'가 날뛰면서 수많은 부유섬이 생겨났다.

그리고 급격히 변하는 기압과 기후, 바람, 해와 달 등 주변 환경의 변화가 원인이 되어 섬마다 새로운 생태계가 형성되었다.

이 섬은 채소와 곡물, 그리고 가축을 키우기 좋은 땅으로 바뀐 셈이다.

나도 왕도 주변의 부유섬에 있는 목장에 가서 그곳에서 기르는 므아믈라 소라는 부유층 납품용의 고급 소고기를 먹어본 적이 있다.

적합한 환경에서 자라면 이렇게나 다른 것일까, 하고 놀랐던 기억이 아직도 생생하다.

물론 환경뿐만 아니라 목장에서 일하는 사람들의 끊임없는 노력 덕분이기도 하겠지만.

밭일을 하거나 축사 오두막을 청소하는 등 한차례 일을 하고 휴식에 들어갔다.

손을 씻고 나무 그늘에 들어가 앞으로의 예정을 이야기하면서 몸을 쉬었다.

"지금까지의 일과는 경향이 좀 다르네?"

힐데트라는 이런 촬영은 하지 않았었다.

그동안 힐데트라의 일은 병원 위문 외에 기사들의 훈련장이나 훈련 모습을 안내하거나 왕도와 왕도 주변 관광지를 소개하는 등 왕족 공무가 대부분이었다.

특히 병원과 고아원 위문이 많아 덕분에 국민들에게 사랑받는 제3 왕녀가 된 것이다.

의외로 자주 볼 수 있는 공주님——그 캐치프레이즈는 거짓이 아니다. 왕도에서 그녀의 인기는 상당했다.

그렇기 때문에 함께 목장 일을 하는 힐데트라는 내가 보기엔 신선했다.

왕족인 만큼 항상 품격과 품위를 따지는 그녀는 이런 일은 하고 싶어도 할 수 없다고 말했으니까.

참고로 나는 '직업 방문'에서 여러 번 육체노동을 해왔고, 요즘은 개와 관련하여 목장에 자주 오지만.

"맞아요. 이번 여름부터 일의 폭을 조금 넓힌 느낌이네요."

흐음, 그렇구나.

"리스톤가의 아가씨나 실버가의 아가씨가 열심히 하고 있으니까요. 저도 지고 있을 수만은 없죠."

그렇군.

뭐, 그렇겠지.

우리 중 그 누구보다 매직비전을 보급하고 싶어 하는 것은 힐데트라다.

왕녀가 할 일은 아니라는 생각도 들지만, 오히려 왕녀이기 때문에 솔선수범하고 있다고 볼 수 있었다.

매직비전은 국영 정책으로 많은 투자를 받아 움직이고 있다.

솔직히 아직 만족스러운 이익은 얻지 못했다.

매직비전을 궤도에 올리지 않으면 그것은 국가 방침——힐데트라의 부친인 국왕의 책임 문제가 된다.

힐데트라에게는 정말 남의 일이 아닌 것이다.

"게다가 이번 일은 그렇게까지 특이한 것도 아니에요."

"그래?"

내가 보기에는 평소 내가 하는 '직업 방문'인데.

작업 촬영이 끝난 후, 푸른 하늘 아래 마련한 테이블에 이 섬에서 기른 식재료를 이용한 음식들이 차려졌다. 굉장히 먹음직스럽다.

"이 목장에서는 젊은 일꾼을 찾고 있어요."

"저흰 이제 나이가 많아 몸 쓰는 일이 쉽지 않아요. 하지만 일손이 부족하니 손을 놓을 수는 없고……."

마지막 촬영에서 힐데트라에게 말을 넘겨받은 목장주 노부부가 이 목장의 현 상황을 호소했다.

아아, 그렇군. 인재 모집도 겸한 촬영이었구나.

국민과 가까운 '의외로 자주 볼 수 있는 공주님'이라는 관점에서는 이런 형태로 국민에게 협력한다. 뭐, 그런 느낌이었다.

노부부의 목장 소개가 끝나고 모두의 인기인인 왕녀가 말을 덧붙였다.

"목장 일은 정말 힘들었습니다. 아침은 빠르고, 힘을 쓰는 일이고, 생물을 상대하는 것이라 제대로 쉴 수도 없습니다. 하지만 이런 밭이나 목장에서 땀 흘리며 일해주시는 분들이 있기에 식량이 만들어지는 것이고, 저도 여러분도 굶지 않고 살아갈 수 있는 겁니다. 목장 일은 고생스럽습니다. 어쩌면 고생에 반해 대가는 낮을지도 모르죠. 하지만 누구에게도 부끄럽지 않은 자랑스러운 일이라고 저는 생각합니다. 관심이 있으신 분들은 꼭 이곳에서의 일을 고려해 주세요."

……그렇군.

평소에는 이상한 부분도 많은 힐데트라지만 진지한 표정과 대사가 무척 잘 어울린다.

이런 장면에서 설득력을 발휘하는 점은 굉장히 왕족답다는 느낌이었다.

그런데 말이다.

"자, 니아! 승부예요!"

목장에서의 촬영이 끝나고, 모처럼 대접받은 요리를 촬영반과 함께 이른 점심 식사로 먹었다.

그 후 일은 다음 단계로 넘어갔다.

그랬다, 개다.

이 목장에도 양 등을 쫓는 목양견이 있었다.

평소 활기차게 들판을 누비는 만큼 발도 더 빨라 보였다. 개치고는.

그리고 '오늘도 평범하게 이길 것 같네'라고 생각하던 참에 어째서인지 힐데트라가 끼어들었다.

"이래 봬도 어려서부터 호신을 위해 왕실 비전 고대 무술을 배워왔거든요. 운동 쪽에는 그래도 자신이 있어요."

그렇구나, 고대 무술. ……뭐, 단련하고 있다는 건 알고 있었지만.

"개를 이길 수 있는 게 본인뿐이라는 생각은 마세요!"

아아, 응.

"개한테 미움받을 각오는 돼 있어?"

지금 힐데트라의 손을 엄청나게 핥고 있는, 엄청나게 할짝할짝 핥아대고 있는 흰색과 검은색 투톤 컬러의 털을 가진 중형견.

털도 풍성하고 사람을 잘 따르는 귀여운 목양견이지만.

승부 후에는 대체로 미움을 받는다. 심하게 짖는 것이다. '너 돌아가, 빨리 가버려'라는 듯이.

사람을 따르던 다정함이 거짓말처럼 뒤바뀌는 것이다.

과연 견딜 수 있을까?

아까까지 잘 따르던 개한테 미움받는 것은 적지 않은 충격이다.

"훗…… 승자는 고독한 법이니까요."

그건 동감이지만.

"당신의 불패 기록, 지금 여기서 뒤집어드리죠!"

──결과적으로 개와 힐데트라 모두에게 미움을 사 버렸다.

왕도에서의 촬영은 계속된다.

오늘은 그리운 얼굴과의 촬영이었다.

"니아, 오랜만이야."

"오늘은 잘 부탁해."

"가끔은 무대도 보러 와."

리스톤령에 있을 때부터 듣고 있었던 극단 아이스로즈의 배우와의 재회했다.

'얼음의 쌍왕자' 율리안 의장과 루시다, 그리고 간판 여배우로 이름을 내걸고 있는 샬로 화이트와 왕도 관광을 할 예정이다.

왜 왕도 관광인가? 하고 의아해하기도 했지만, 시청자 모두가 왕도에 사는 것은 아니고 알투아르에 와 있는 외국인이 프로그램을 보는 경우도 있기 때문이다.

좀 더 말하자면, 왕도 거주 지역 주민 역시 왕도의 관광 명소에 가본 적이 없는 경우도 꽤 많다고 했다.

일단 일정한 수요는 있다고 하니 뭐, 하라고 하면 할 뿐이다.

그러나 기획적인 부분에서 평범하게 왕도 관광만 하는 것은 재미없다.

나 외에는 진짜 배우였으니 그 특색을 살려 장면마다 의상이나 메이크업을 바꿔 촬영하자는 콘셉트가 추가됐다.

그래서 그들은 지금까지의 극에서 사용했던 의상을 가져왔다.

화려한 의상을 입고 관광지를 걷는 쌍왕자와 여배우, 함께 따르는 내 모습에 주변 사람들의 시선이 고정되었다. 방송이 나갔을 때의 반응이 기대되는걸.

"어때, 니아? 남자 역할도 잘 어울리지?"

과거 연기한 '가난한 귀족의 적남 소년' 모습을 당당히 선보인 샬로.

"……응, 뭐."

나쁘지는 않은 것 같아. 응, 응. 괜찮아 보이네. ……응, 좋지 않을까.

"잠깐만. 지금 옆이랑 비교했지."

애매모호하게 고개를 끄덕이자 샬로의 눈썹이 치켜 올라갔다. 아니, 화내는 이유는 알겠지만.

"미안해. 역시 바로 옆에 서 있으면."

가난한 귀족 아들 역 바로 옆에 반짝반짝 빛나는 왕자 역이 있는 것이다. 역시나 뒤처진다고 할까, 나란히 서 있으면 신경이 쏠리고 만다.

"일단 나는 남자 역 전문이니까."

루시다가 그렇게 말하며 웃었다.

얼음 쌍왕자의 한쪽인 만큼 역시 빛이 남다르다.

"네가 여자 역할을 해도 상관없잖아."

뒤늦게 다가온 것은 화려한 드레스를 입은 쌍왕자 중 한 명 율리안이다.

쌍둥이인 만큼 똑같이 생겼기 때문에 둘 다 이성 역할을 할 수 있다고 한다.

참고로 이 의상은《언젠가 데리러 와요》라는 극의 작품이다. 가난한 남작의 적남을 좋아하게 된 왕녀가 주역이라고. 분명 답답하고 속 터지는 이야기일 것이 분명하다. 좋아한다고 한마디만 하면 해결될 것 같은.

참고로 이번에는 약간의 재미를 위해 쌍둥이의 배역을 교체했다. 예전에는 율리안이 왕자 역할을 했다고 한다.

"하아아아아. 얼음 쌍왕자가아아아아. 멋있어어어어어어."

매직비전으로 이들의 연극을 많이 보는 리노키스는 촬영 시작부터 끝까지 황홀한 얼굴로 한숨밖에 내쉬지 못하는 존재가 돼 있었다. 줄곧 칠칠치 못한 얼굴이다.

……요즘 수행에 거의 참여를 못 했지. 휴가 때 제대로 단련해줄게. 그 좋아하는 혹독한 수행도 해줄 테니까 조금만 기다리도록 해.

왕도에서의 촬영이 시작되고 얼마 후.

오전 촬영을 마무리하고 알투아르 왕국의 문장이 들어간 힐데트라 비행선에 올랐다.

오후부터는 그녀와 같은 현장이다.

다음 촬영 장소로 이동하면서 점심을 먹게 되었다.

"이 정도면 예정대로 휴가를 받을 수 있을 것 같아요, 니아."

힐데트라와 나, 그리고 왕도 촬영반 대표인 미르코 타일이 테이블에 앉았다.

이번 여름 촬영 동안 미르코는 계속 힐데트라에게 붙어 있을 모양이었다. 역시 왕족을 방치할 수는 없는 것일까. 책임자로서.

테이블에 앉자마자 잔에 식전주…… 가 아닌 물이 담기고 요리가 놓였다.

아무리 왕족이라도 아이에게 술은 아직 이르다. 예외가 허용되는 것은 내용물이 다른 나 정도겠지. 리노키스가 있는 한 절대 허락받지 못하겠지만. 지금도 바로 뒤에 있고. 계속 붙어 있고.

미르코도 물이다. 그녀도 업무 중에 술을 마시는 습관은 없는 것일까.

스케줄대로라면 앞으로 이틀 정도면 여름 방학 촬영은 끝이다.

그리고 힐데트라의 말을 믿는다면 일정대로 휴가를 갈 수 있을 것 같았다.

"그러게요. 약간의 오차는 있지만 대체로 예정대로 진행되고 있습니다. 5일간의 휴가라고 했었죠? 아마 괜찮을 겁니다."

여름 촬영 스케줄을 관리하는 미르코가 말한다면 확정이라고
해도 좋겠지.

"고마워. 이번 여름은 그게 유일한 기대였거든."

정말 지옥 같은 여름이었다.

아니, 지옥은 리스톤령뿐인가. 다른 방송국들은 정도라는 걸
알았으니까! 아무리 가족이라고 해도 리스톤령은 정도를 너무 모
른다!

왕도에 온 이후엔 80% 정도는 힐데트라와 함께 촬영을 했다.

이번에도 역시 밉살맞은 벤델리오 수준의 살인적인 촬영 스케
줄이 들어오지는 않았다. 뭐, 그래도 나름대로 적지 않은 양의 일
을 해치우긴 했지만.

힐데트라의 촬영은 평소엔 왕족의 공무인 경우가 많다. 하지만
이번 여름은 나와 합동 방송이라 그런지 오히려 내 중심의 촬영
내용이 많았다.

왕족인 만큼 힐데트라에겐 활동의 제약이 있을 것이다.

아무리 계급사회의 의미가 희박해지고 있는 현대라고 해도, 평
범한 귀인의 딸과 정통 왕족 중 한 명이라면 주위의 생각도 다를
것이기 때문이다.

사람들로부터 '왕족답지 않다'는 등 비난의 목소리가 나오거나
어쩌면 압력까지 받고 있을 가능성도 있다.

게다가 이는 그녀가 지향하는 바인 지배자 계급의 권위 부흥과
도 관련된 문제다.

권위를 훼손하는 내용을 하게 되면 본말이 전도되는 셈이었기에 그런 의미도 포함한 활동 방침인 거겠지.

여러모로 힘들어 보이니까. 왕족은.

"그건 그렇고 니아 씨는 차분하네요."

응?

전채를 먹고 있는데 미르코가 말을 걸어왔다.

"힐데 님도 아이치고 굉장히 성숙하다고 생각했지만, 당신의 침착함은 힐데 님 이상이에요."

그야 그렇겠지.

내용물은 어린애가 아니니까.

"담력도 있고, 어떤 현장이라도 어떤 사람을 상대하든 겁을 내지도 않으시고. 어린애라는 걸 잊을 것 같아요."

그야 그렇겠지.

여차하면 때리면 되니까. 겁먹을 이유가 없다.

"이 머리색대로, 이미 한번 죽은 거나 다름이 없으니까요. 그런 경험을 해서 그런지 웬만한 일에는 동요하지 않게 되었답니다."

머리색은 여전히 돌아오지 않고 있었다.

입학 때 했던 마력 측정에서도 마력 회로가 망가진 것으로 나타났다.

"뭐, 어쨌든 살아있는 것만으로도 행운이니까요."

사실은 나 같은 노인이 아니라 진짜 니아 리스톤이 살아줬으면 했지만.

……아니, 이제 생각하지 말자.

사람의 생사는 후회한다 한들 되돌릴 수 없다.

어떤 인과관계로 이렇게 되어버린 이상 이 몸으로 열심히 살아가는 것이 니아를 위하는 길이 될 것이다.

당장의 목표는 리스톤가를 재건하는 것이다.

"뭔가 새로운 기획은——."

"가능하다면 장기로 할 수 있는 편이——."

"마정판 구매자층을 생각하면 아직 부유층이 많으니까——."

오늘 점심도 어느새 기획 이야기로 옮겨가고 있었다.

"왕성의 개는 굉장히 빠른데——."

"대형견은 좀…… 니아 씨의 몸집을 생각하면 대비가 너무 심해서——."

"저는 딱히 뭐든 상관없어요. 애초에 이기는 것에 연연하지도 않고요. 지는 편이 분위기가 더 달아오르는 타이밍도 있지 않을까 싶은——."

"잠깐만! 그렇다면 나와 했던 승부에서 져줘도 좋았잖아."

"힐데는 개보다 늦었잖아. 그런 수준이면 너무 작위적인 느낌이 드니까."

"그런 수준?! 굴욕적이에요……."

여러 가지 아이디어가 나왔지만 이렇다 할 것은 좀처럼 나오지 않았다.

구체적인 휴가 이야기를 나누고 이틀 후의 일이다.

"미안해요. 니아. 사정이 좀 바뀌었어요."

드디어 여름 방학의 종무식을 맞이했다.

항구에서 만나자마자 난처한 표정을 지은 힐데트라에게서 불길하기 짝이 없는 말이 나왔다.

"기다려. 힐데. 그 이상은 듣고 싶지 않아."

뭐야.

휴가를 못 가게 됐구나. 중지인 건가.

그러지 마.

이 마지막 5일을 아무 걱정 없이 보내기 위해 얼마나 열심히 해 왔는데. 무리한 촬영 스케줄을 소화하고, 실력이 녹슬지 않을 정도의 수행도 하고, 여름 방학 숙제도 매일 조금씩 꾸준히 해 왔다.

모든 것은!

모든 것은 내일부터 5일간을 위해서!

그런데!

그런데!

……이 분노, 일단 벤델리오에게 쏟아부으러 가야겠어……!

"아니요. 니아, 중지된 건 아니에요."

내 표정의 변화, 혹은 감정의 변화, 혹은 넘치는 노기나 살기라도 느낀 것인지 앞으로 나서려는 자신의 호위를 제지하고 힐데트라가 입을 열었다.

"예정대로 휴일은 있어요. 오늘 밤에 출발해서 내일부터 딱 5

일간. 제대로 놀 수 있고 쉴 수도 있답니다."

그 말만 들을 수 있다면 충분하다. 아무런 불만도 없다.

하지만, 역시 붙어있다.

'다만'이라는. 접속사가.

"저…… 실은 오늘 아침에 아버님이 섬에 가셨다는 보고를 들어서……."

……음?

"우리가 갈 부유섬에 힐데의 아버님이 있는데 괜찮냐는 뜻이야?"

"뭐, 간단히 말하면 그렇죠. 아버님도 휴가이신 모양이에요."

그러고 보니 가기로 한 부유섬은 왕족이 사적으로 이용하는 곳이라고 했었지. 그렇다면 힐데트라 이외의 왕족이 이용하는 일도 있나?

……흐음. 그렇군.

"힐데 아버님은 아이 일에 잘 나서는 타입이야?"

"아니요, 전혀요. 오히려 눈을 마주치지 않는다고 할까, 어른답지 못하게 무시해 버려요."

"그럼 괜찮겠네."

"네? 정말요?"

그래, 괜찮다.

지나치게 간섭한다고 하면 상당히 곤란하지만 반대라면 상관없겠지.

어차피 왕족의 시중을 드는 하인도 있을 테니 아이들만 있는 모임은 되지 않을 것이다. 그 상태에서 겨우 한 명의 어른이 더 늘어난다는 이야기 아닌가.

"정말 괜찮으세요? 주위를 배회하는 왕이 있거나, 나무 그늘에서 해먹에 누운 채 책을 읽고 있는 왕이 있거나, 바비큐를 하며 시끄럽게 구는 왕이 있을 수도 있는데, 정말 괜찮으세요? 위축되지는 않을까요? 방해되지 않을까요?"

뭐, 방해되는 건 확실하겠지만.

"왕도 휴가인 거잖아. 열심히 일을 마치고 겨우 맞이한 휴일이잖아. 그 심정은 충분히 이해하니까 강하게 거부할 마음은 없어."

그것은 상대가 왕이라고 해도 마찬가지다.

여차하면 어떻게든 된다. 만일의 경우는 날려버리면 그만이고, 방해된다면 기절시켜 버리면 그만이다.

쉬러 왔다면 쉬면 된다. 천천히 말이지. 그리고 싶다면 도와줄 수 있다.

"난 괜찮아. 다만 걱정되는 건 레리아일까."

"그건 그렇죠."

레리아렛은 태연하게 지낼 수 있을까.

배회하는 왕이 있거나, 나무 그늘에서 해먹에 누운 왕이 있거나, 바비큐를 하며 시끄럽게 구는 왕이 있다면 그녀는 개의치 않을 수 있을까.

힐데트라를 상대로도 긴장하는 기색이 역력했던 그녀가 과연 왕을 상대로 평온하게 있을 수 있을까.

뭐, 무리겠지.

"──무리야, 무리! 왕이라니 무리! 절대로 무리야!"

다행인지 불행인지 레리아렛은 제시간에 도착했다.

지난번 종이 연극 기획으로 실버령은 예상 밖의 일이 늘어나게 되었다.

과연 레리아렛은 약속대로 휴가를 올 수 있을지 어떨지 궁금했는데.

레리아렛은 제시간에 맞출 수 있었다.

그래, 와 버리고 말았다.

알투아르 왕국의 국왕 폐하가 있는 부유섬을 향한 5일간의 여행에.

"왜 미리 말해 주지 않는 거야?! 왜 그런 중요한 말을 도착해서 하는 건데?!"

어제저녁 왕도에 도착한 레리아렛이 합류하였고, 아무것도 모른 채 비행선 하늘 여행으로 여유로운 하룻밤을 보냈다.

다음 날 이른 아침, 모두가 화기애애하게, 누구나 웃는 얼굴로.

이제부터 시작되는 즐겁고도 행복한 5일을 어떻게 보낼지 이런 저런 이야기를 나누면서 비행선에서 내린 타이밍에.

비행선에서 승하차를 할 수 있는 트랩을 모두 회수한 후에──알렸다.

"뭐가 '그러고 보니'야?! 이 타이밍에 말하기로 미리 정해놨던 거지?!"

내가 알렸다.

──그러고 보니 힐데의 아버님이 와 계신대. 우연이지? 라고

태양처럼 반짝이기만 하던 아이의 미소가 순식간에 구름이 가득한 우중충하고 흐린 하늘로 변해가는 모습은 내 양심을 찌르기에 충분했다.

물론 마음은 아프다.

당연히 마음은 아프고말고.

안쓰럽고 가엾고 딱하다. 아이의 즐거움을 빼앗는 것이 어찌 즐겁겠는가.

하지만 용서하기를, 레리아.

이럴 수밖에 없었다.

왜냐하면 너희는 내게서 종이 연극의 기획을 가로챘으니까. 이 정도 사소한 복수는 하게 해줘.

나는 이길 수 있는 승부에는 연연하지 않지만 이길 수 있을지 없을지 모르는 승부에는 집착한다. 매직비전은 나에게 있어 승부다. 일방적으로 지기만 하고 끝낼 수는 없다.

"괜찮아. 왕도 사람이니까 그렇게까지 긴장할 필요 없잖아? 왕이라는 직책에 없는 휴일인 지금은 그저 평범한 아저씨야."

"어째서?! 어떻게 그런 말을 할 수 있어?! 오히려 왜 니아야말로 아무렇지도 않은 거야?! 왕인데?! 그보다 힐데 님과 처음 만났을 때도 태연했지?! 왕족을 뭐라고 생각하는 거야?!"

왕족을 뭐라고 생각하냐니, 그런 건 뻔하지 않나.

"그저 왕가에서 태어난 사람일 뿐이잖아. 대단할 것도 뭣도 없어. 왕족이란 것만으로 잘났다는 듯이 떵떵거리는 아저씨 중 한 명이잖아. 안 그래, 힐데?"

"죄송하지만 그 말에는 동의할 수 없는 입장이라서요."

아, 그렇구나. 그녀도 왕족이었나?

……힐데트라의 미소가 살짝 무서워졌으니 이 이상 왕가를 비판하는 발언은 삼가도록 하자.

"힐데 말로는 애들 일에 나서는 타입은 아니라고 하니까 너무 신경 쓰지 않아도 되지 않을까? 일단 가자."

"싫어어! 싫어어어어어어어!"

나는 싫어하는 레리아렛의 손을 잡아끌고 작은 항구에서 나와 눈앞에 있는 저택으로 향하는 것이었다.

이 부유섬 자체는 그렇게 넓지는 않은 것 같지만, 필요한 것은 웬만큼 다 갖추어져 있었다.

목장이나 밭이 있는 섬은 흙이 풍부하고 양질의 목초 등이 자라나듯이.

이 섬은 기후가 뛰어나다고 한다. 사계절에 따른 온도 차이가 크지 않아 연중 언제든지 지내기 좋은 곳이었다.

게다가 물도 풍부하고 나무도 많아서 먹을 수 있는 것도 많다.

왕족이 소유한 후에는 꽤 손을 많이 봐서 더 지내기 편하게 바꿨다고 한다. 요양 목적으로도 쓰인다고.

최고의 휴식처인 셈이다.

게다가 왕이 와 있다는 것도 후일 생각해 보면 정말로 큰 행운이나 다름없는 일이었다.

저택 근처에 있는 나무 아래에는 데크체어와 테이블이 있다.

그곳에 목욕가운 차림의 높으신 분처럼 보이는 남자가 있었고, 책을 읽고 있다는 것을 멀리서나마 알 수 있었다.

"저분이 아버님이세요."

힐데트라가 그렇게 말해왔기에 '아, 역시' 하고 납득했다.

설마 갑자기 왕을 만나게 될 줄은 몰랐다. ……그보다, 목욕가운 차림이라니. 목욕이라도 하고 그대로 나온 건가? 어쨌든 왕은 휴가를 만끽하고 있는 모습이었다.

"아버님."

가까이 다가간 힐데트라가 그를 불렀다.

"나는 없다고 생각해라. 휴가 때까지 왕 노릇을 할 생각은 없다."

하지만 왕은 책을 읽으며 망설임 없이 그렇게 답했다.

"휴가 때가 아니더라도 늘 그렇지 않나요? 부모로서 자기 자녀의 친구들에게 인사 정도는 해 주지 않으시겠어요?"

언제나 밝고 부드러운 힐데트라치고는 가시 돋친 말투다. 역시 가족을 상대하면 달라지는구나.

"알 바 아니다. 말 걸지 마라."

그렇군, 왕은 이런 느낌의 사람인가.

하지만 태도는 불량해도 어떤 의미로는 편했다.

이쪽은 이쪽대로 즐길 테니 저쪽은 저쪽대로 즐기면 그만이다. 과한 간섭보다는 훨씬 낫다.

"본인의 뜻이니 아버님은 앞으로 없는 사람으로 생각하셔도 됩니다. 이런 건 무시하세요. 자, 갈까요?"

좋아, 가자.

레리아렛도 갑작스러운 왕과의 조우에 어쩔 줄 몰라 하고 있으니 서둘러 방을 배정받아 진정시키는 편이 좋을 것 같았다.

마중을 나와 기다리고 있던 저택의 하인에게 짐을 건네주고, 우리는 저택으로——.

"니아 리스톤."

음?

갑자기 이름이 불려 돌아보자, ⋯⋯그 시선 끝에는 왕이 있었다. 뭐야, 나를 아는 건가?

책을 읽고 있는 왕은 그 상태 그대로 입만 움직였다.

"넌 언제쯤 매직비전을 보급할 거지?"

"⋯⋯네?"

뭐야 갑자기. 무슨 소리야.

"네게서는 진심이 느껴진다. 매직비전을 위해 살아가기로 한 것 같은 각오가 느껴지지. 그래서? 넌 언제쯤 실적을 만들 수 있는 거냐?"

……그런 각오를 한 기억은 없지만, 목숨을 건 것은 맞다. 진짜 니아를 위해서, 리스톤가를 위해서니까.

"방식이 너무 안온한 것은 아닌가? 어설픈 것은 아닌가? 진심이라면, 그럴 각오가 있다면 확실히 해내도록 해라. 이용할 수 있는 건 뭐든지 이용해. 끝이란 갑자기 찾아오는 법이다. 언제까지나 돈만 먹는 사업에 기회가 있다고 생각하지 마라."

……흐음. 그렇군.

"아버님!"

"내 볼일은 끝났다. 이만 가봐."

힐데트라의 외침에도 더는 말할 생각은 없어 보였다.

휴렌츠 알투아르.

알투아르 왕국 14대 국왕과의 만남은 이렇게 끝났다.

"……후우."

안내된 저택의 개인실에서 한숨을 돌렸다.

역시 왕족이 사용하는 별장. 누가 와도 대응할 수 있도록 응접실도 넓고 호화롭다.

"저 처음으로 왕을 봤어요."

작은 테이블에 앉자마자 리노키스가 홍차를 끓여주었다. 컵과 포트 모두 완벽하게 갖춰져 있다.

"나도."

왕이라. 분명 양친은 만난 적이 있겠지. 전의 니아 리스톤은 없을 것이다. 오라비는 의외로 있으려나.

"어떤 분인지 아시나요? 힐데트라 님께 들으신 건 없나요?"

"아니, 전혀."

지금까지 왕이 어떤 사람인지에 대해서는 생각해 본 적이 없었다.

애초에 관심도 없었고, 엮일 거라고도 예상하지 못했다.

"부친의 이야기만 나오면 표정이 별로 안 좋아지니까 그녀의 가족 이야기는 되도록 피하고 있었거든."

반대로 내가 "어떤 사람인지 알아?"라고 물어보자 리노키스는 "소문으로 들은 정도만요" 하며 서론을 꺼냈다.

"상당한 수완가에 냉철하고, 엄청난 호색가라고요. 그런 소문은 들은 적이 있어요."

흐음, 왕은 그런 평가를 받는 인물인 건가.

"지금으로서는 소문이 맞는 것 같네."

잠깐 이야기해 본 것뿐이지만 정치 수완은 좋아 보였고, 겨우 저만한 접촉으로도 냉철함은 느껴졌다. 호색가라는 부분은 잘 모르겠지만.

그러나 영웅은 대체로 색을 좋아하는 법이니 의외라는 생각은 들지 않…… 아니, 조금 의외긴 하다.

보기에는 왕으로서의 일 이외에는 아무것도 눈에 들어오지 않는 것 같았다. 그래서 여자는 고사하고 자신의 가족이나 혈연조차 그의 마음속에 살고 있지 않은 느낌이었다.

애초에 사람에게 관심이 없는 것이 아닐까 싶었다.

"그래서 아가씨, 오늘 예정은 어떻게 되세요?"

힐데트라, 레리아렛과 어떻게 지낼지 상의는 했지만 결국 결론은 나오지 않았다.

일단 저택에 도착한 뒤에는 산책을 나가서 뭐가 있는지 탐색해 보자, 하는 이야기는 했지만…….

"레리아가 저 모양이니 어떻게 해야 하나."

레리아렛의 동요는 굉장했다.

방까지 끌고 갔더니 이번에는 자기 시녀와 함께 방에 틀어박혀 "오늘은 더 이상 밖에 안 나가!"라며 문 너머로 소리친 것이다.

아무래도 갑자기 왕을 만나면서 그녀의 긴장이 한계치를 넘어선 모양이었다. 오늘 레리아렛은 더 이상 무리일지도 모른다.

뭐, 그것도 있고.

좀 고민하고 싶은 것도 생겨버렸다.

"……방법이 안온하고 어설프다, 라……."

왕의 말이 귓가에 맴돌았다.

감히 그런 말을 했겠다. 마흔에서 오십 정도밖에 안 된 풋내기가.

이쪽은 필사적으로 억눌러 자제하면서 최대한 아이답게 굴고 있는데.

그걸 안온하다고, 어설프다고 한다?

아무 걱정 없이 전력을 다할 수 있다면 고생할 일도 없다.

…….

분하긴 해도 녀석의 말에는 납득할 만한 점이 많았다.

확실히 기회가 언제까지나 있을 거라는 보장은 없는 것이다. 그리고 나에게는 매직비전 보급 이전에 리스톤가의 재정 사정이라는 시간제한도 있다.

언제 어떤 식으로 갑자기 종말을 고할지 알 수 없었다.

현재로서는 무리가 없는 가장 빠른 속도로 보급 활동을 하고 있다고 생각했다.

하지만 그것만으로는 늦다는 건가.

……시기상조가 지나치다는 느낌은 들었지만, 어쩔 수 없을지도 모른다.

더 늦기 전에 손을 써두지 않으면——지금 당장이라도 진심으로 보급 활동을 하지 않으면 언젠가 후회할지도 모른다.

"드세요."

홍차 잔을 내미는 리노키스를 바라보았다.

──시기상조.

──아직 이르다.

──아무리 봐도 미숙하다.

리노키스는…… 아직 너무 약하다.

하지만 남은 시간을 생각하면. 지금 당장 움직인다고 해도 늦을지 모른다.

"있지, 리노키스."

스승으로서는 절대 허락할 수 없다.

그러나 가문을 지키기로 한 니아 리스톤으로서는 말할 수밖에 없었다.

"너, 이 나라에서 최강의 여자가 되어보지 않을래?"

"네…… 네?"

맞은편에 리노키스를 앉혀두고 장래적으로 하려고 생각해 둔 나의 계획을 이야기했다.

"음…… 요약하자면, 격투 대회에서 파이트머니로 돈을 번다는 건가요?"

"뭐, 대충 그런 거지."

결국 뒷골목이니 암투기장이니 하는 것과 마찬가지였으니 그

해석이 틀린 것은 아니었다.

다만 공식적으로 규모만큼은 무척 큰 것이다.

그로 인해 여러 무리의 여러 음모나 사정과도 엮이게 되겠지.

"줄곧 해 보고 싶었거든. 거국적인 격투 대회. 전 세계 강자들을 한데 모아 겨루게 해 세계에서 가장 강한 자를 정하고, 그 모습을 매직비전으로 내보내고 싶다고. 매직비전이 좀 더 보급된 뒤에…… 다시 말해 타국에까지 퍼졌을 때 꼭 해보고 싶다고 생각했었어."

하지만 그러기 위해서는 우선 토대를 만들 필요가 있었다.

이런 큰 계획은 단지 강하다거나, 단지 돈이 있다거나, 단지 권력이 있다는 것만으로는 성립되지 않는 것이었다.

여러 곳에서 많은 협력을 얻어 모두 함께 만들어내야 한다.

매직비전을 접하고, 이 업계에 뛰어든 이번 생에서는 그것을 뼈아플 정도로 이해하게 되었다.

힘만으로는, 강한 것만으로는 잘 풀리지 않는 일도 있다.

세상은 폭력만으로 모든 것이 해결될 만큼 단순하지 않다.

매직비전의 보급과 함께 인지도가 높아지면 각 방송국이 힘을 더해갈 것이다.

그 과정에서 노하우도 쌓이고 각 업계로 이어지는 온갖 연줄도 생길 것이다. 물론 지원자도 나타나겠지.

실제로 빅슨 실버라는 귀인이 매직비전업계에 참전해 왔고, 힐데트라라고 하는 왕족과의 연줄도 생겼다.

시기상조라고는 생각하지만, 지금 열더라도 나름대로 큰 화제
는 될 것 같았다.

전 세계까지는 아직 무리라고 해도.

이 알투아르 왕국에서 가장 강한 사람을 가리는 대회 정도는 할
수 있지 않을까.

다만 문제는 내가 너무 어리다는 것.

누가 뭐래도 아직 열 살도 채 안 된 아이다.

선수로 출전할 수는 없다. 나라면 무조건 우승할 수 있겠지만
무조건 날 따라 하는 아이가 나올 것이다. 그러니 공개적으로 하
는 것은 피하고 싶었다.

내 기획이라고 해도 누가 들어줄까. 아이의 생각을 진지하게
들어주는 어른은 드물 것이다.

제대로 천천히 매직비전 보급 활동을 진행하면서 대규모 대회
의 토대를 만들고, 머지않아 내가 나가려고 생각하고 있었다.

몇 년이라는 시간을 들여 판을 짜두겠노라 생각했던 기획이다.

하지만 그러면 너무 늦을 수도 있다.

아무리 무리를 해도, 나이를 속인다 해도 5년 이상은 걸린다.
어차피 나이나 신분은 속일 수 있어도 겉모습만은 속일 수 없다.

——거기서 리노키스를 내세우는 것이다.

"1년."

나는 검지를 세운 손으로 그녀를 가리켰다.

"1년 안에 널 이 나라 최강의 격투가로 키워줄게."

"아, 어……. 제가 최강이요……?"

아니나 다를까 리노키스는 당황하고 있다. 하긴 그렇겠지. 지금의 그녀에게는 아직 먼 목표니까.

"내 제자라면 그 정도는 됐으면 좋겠는데."

시기상조이긴 하지만.

하지만 소질은 있다고 생각한다.

요즘 수행에서도 '기'를 다루는 것이 안정적이고, 리노키스라면 1년 만에 지금의 내 발밑을 기어다니는 개미 정도는 될 수 있을 것이다.

거기까지 간다면 이 나라 최강 정도는 될 수 있겠지.

힐데트라에게 붙어 있던 호위가 이 나라에서 우수한 기사라면. 그 정도로 충분할 것이다.

"저기, 저는 확실히 강해지고 싶다는 생각은 있지만, 그건 어디까지나 아가씨의 호위가 목적이에요. 대회에 나간다든가 최강이 된다든가, 그런 구경거리가 되고 싶은 건……."

……그렇군.

"그럼 어쩔 수 없지."

과연 이것만은 스승도 강제할 수 없는 부분이다.

무엇보다 내켜 하지 않는 자를 단련할 시간은 없다.

"죄송해요, 아가씨. 저한테는 너무 과분하다는 생각밖에 안 들어서……."

"이해해. 나도 호위 겸 시녀의 일을 크게 벗어났다고 생각했으니까."

상정한 범위였다.

무를 대하는 리노키스의 자세나 기합 등을 보면서도 그런 대답을 할지도 모른다는 생각은 하고 있었다.

그녀는 강함에 대한 갈망이 희박했으니까.

"어쩔 수 없으니까 간돌프라도 단련시켜보지 뭐. 그리고 안젤 쪽도 아직 가능성이 있고."

그 텐파류 사범 대리인 간돌프도 나를 스승이라 부르며 따르고 있었다. 그라면 울면서 기꺼이 가르침을 받을 것이다. 두 번째 제자이기도 하고.

그리고 '어슴푸레한 영서정'의 안젤.

그 녀석도 소질은 좋으니 말을 걸어 봐도 좋겠지. 뭐, 의욕이 있을지는 모르겠지만──.

"잠깐만요, 아가씨."

……응?

"간돌프나 안젤보다도 저를 더 신경 써 주셔야 하는 거 아닐까요? 저는 아가씨의 정식 제자잖아요? 간돌프는 류파도 다르고, 안젤은 뒷사회 출신인 술집 마스터죠?"

"응? 근데 넌 싫다며?"

"제자인 저를 제쳐두고 다른 사람을 키운다니 그게 더 싫어요!"

……어? 그런 거야?

"그런 건 말도 안 돼요! 저는 몸도 마음도 아가씨에게 바치고 있다고요! 다른 누군가가 아니라 저를 봐주세요! 저를 키우면 되잖아요!"

"……."

"마음은 몰라도 몸을 바친 적은 없는 것 같은데."

"이미 예약은 되어 있어요. 그때가 오면 제 몸도 손에 넣으실 수 있다고요!"

아, 그래.

뭐, 필요는 없겠지만. 그때가 되면 예약은 취소하자.

잘은 모르겠지만, 리노키스가 의욕을 보이며 이 나라 최강을 목표로 하는 것을 승낙했다.

그와 동시에 내가 생각하는 매직비전 보급 활동도 다음 단계로 넘어가게 되었다.

"오늘부터 기술 수행에 들어갈 거야."

리노키스를 설득한 후, 둘 다 훈련복으로 갈아입고 인적 드문 곳으로 왔다.

하인에게 조용하고 사람이 오지 않는 곳이 있냐고 물었더니 이곳을 알려준 것이다.

일부러 사람의 손길이 닿지 않게 한 작은 규모의 숲속. 샘물이 고여있는 아담한 호수 근처였다. 나무 사이로 드는 볕이 아름다운 곳이다. 호수의 물도 마실 수 있다고 한다.

좋은 장소다.

진한 녹음의 향이 어쩐지 그리웠다.

내가 수행할 때도 여기를 쓸까. 별장에서도 떨어져 있으니 조금 소란을 피워도 누구에게도 피해가 가지 않을 것이다.

"기술……이요? 형(形) 중의 하나인가요?"

"형은 그냥 형이야. 형에 포함된 주먹도 발차기도 단순한 자세지 기술은 아니야."

아직 리노키스에게 기술 전수는 이르다——그런 내적 망설임을 뿌리치고 말을 이었다.

"먼저 말해둘게. 내 기술은 거의 모든 게 다 필살이야. '기'가 없는 사람이나 전혀 단련되지 않은 사람에게 쓰면 반드시 죽어. 그러니까 잘못 사용해서는 안 돼. 필요할 땐 쓸 수 있어. 격투가라면 누군가를 때려죽이는 일도 있을 수 있지. 하지만 죽일 생각은 없었는데 실수로 상대를 죽여버렸다——이것만은 피하도록 해. 무책임한 주먹은 좋아하지 않아. 게다가 그것은 곧 미숙한 제자에게 기술을 전수한 스승의 책임이기도 하지."

'호위로서 강해지고 싶다'며 제자 입학을 간청한 리노키스라면 잘못 사용하는 일은 없을 것이라고 믿고 싶다.

아니, 믿는다.

"알려줄 건 딱 하나뿐이야. 내가 상정한 대규모 대회에서는 우선 이 하나로 이길 수 있을 거야. 그러니 정확히 일 년 동안 습득해. 내가 가르친 기술을, 내가 납득할 수 있을 정도로."

"저기, 그 전에 질문 좀 해도 될까요?"

응?

"무슨 불만이나 마음에 안 드는 거라도 있어? 설마 기술을 두세 개 알려달라고? 습득할 수 있겠어?"

"아뇨, 거기는 괜찮아요. 기술에 불만은 없어요. 단지 그……저기…… 그러니까, 이제 괜찮으신 건가, 하고……."

……?

"뭐가 이제 괜찮다는 거야? 기술을 가르치는 거? 나는 솔직히 아직 이르다고 생각하지만."

"아니요, 기술에 관한 게 아니라요…… 그, 뭐라고 할까……."

리노키스가 상당히 말을 고르고 있었다.

지금껏 본 적이 없을 정도로 심각한 얼굴로, 무언가 말하려다가 고개를 저으며 입을 다물고, 누가 보기에도 망설이는 눈치였다.

"빨리 말해. 시간이 아까워."

매직비전 보급 활동은 오늘 이 순간 이후 다음 단계로 넘어간다.

이것으로 인해 나의 활동은 크게 달라진다. 지금까지 이상으로 시간에 더욱 쫓기게 될 것이다.

쓸데없이 낭비할 시간은 없다.

특히 지금은 목소리가 닿는 곳에 왕이 있다. 그와 이야기할 시간을 만들어서 어떻게든 그와 연줄을 만들어 두고 싶다. 반드시 도움이 될 것이다.

그리고 무엇보다 나는 앞으로 5일간의 휴가도 포기하지 않았다.

노동에 대한 정당한 휴일이다.

수행에서 육체를 쉬게 하는 시간이 필요한 것과 같다. 내 마음과 정신을 위해 휴일은 꼭 필요하다.

반드시 놀아줄 것이다. 지독할 정도로.

지시만 내려놓으면 수행은 혼자서도 할 수 있다. 오히려 수행이든 기술 연습이든 혼자 있는 편이 더 집중하기 편할 것이다.

리노키스는 수행을 하고 나는 휴가를 만끽한다.

그것을 위해서도 얼른 말을 끝내줬으면 좋겠다.

"알겠습니다. 그럼 사양하지 않고 확실하게 말할게요."

고민을 뿌리친 듯한 리노키스가 똑바로 나를 바라보았다.

"저, 아가씨는…… 영령 빙의라는 것을 더는 숨길 생각은 없으신 건가요?"

신중하게 말을 고르던 리노키스가 한 말은 신중하게 말을 고를 만한 내용이었다.

"……? 영령이 뭐야?"

다만 처음 듣는 말인지라 금방 감을 잡지는 못했지만.

리노키스의 이야기를 다 듣고 나는 확신할 수 있었다.

──그거다. 나는 지금 영령 빙의 상태인 것 같았다.

내가 니아 리스톤의 몸에 깃들어 있는 이 상태에 대해서는 '그런 거다'라며 받아들일 수밖에 없었다.

자신도 이해할 수 없는 상태라고는 생각했지만 어쩔 수 없다. 아무한테도 상의할 수 없고 어떻게 알아봐야 할지도 몰랐으니까.

의문의 남자가 죽은 아이의 몸에 강제로 나를 가뒀다.

그것이 모든 것의 시작이었다.

영혼의 교체.

갑자기 다른 사람이 되어버리는 현상.

현대에는 그것을 '영령 빙의'라고 부른다고 한다.

"자세한 원리는 밝혀지지 않았지만, 성왕교회의 '강한 영웅의 혼이 죽은 자에게 깃들어 되살아난다'는 발표로 인해 널리 알려져 있어요. 영령 빙의는 매우 드문 현상이지만 없는 건 아니라서……."

그렇군, 전례는 나름대로 있었다.

"영령은 사람의 죽음 직후에 깃든다고 해요. 사람의 몸이 삶과 죽음의 틈에 있는 얼마 안 되는 시간에 되살아난다…… 기적처럼, 다른 사람이 되어서. 죽음에 가까워지며 육체에서 주인이 떠나고 틈새 같은 얼마 안 되는 시간에 영령이 들어와 그 육체를 얻은 상태──이것이 영령 빙의. 즉 영령이 빙의한 상태입니다."

죽음에 가까워지며 육체에서 주인이 떠난다……라.

"네 살 때 그날 밤이었죠? 그날 밤부터 아가씨의 병세에 차도가 있었으니까요. 지금이라면 저도 알 것 같아요. 기를 통해 회복하셨던 거죠?"

……음.

리노키스의 말이 사실이라면 역시 진짜 니아 리스톤은 이미 죽은 것일까.

물론 희망을 가지고 있었던 것은 아니지만…… 아이가 죽는다는 것은 그저 슬픈 이야기일 뿐이다. 가능하다면 좀 달랐다면 했는데.

"영령은 과거에 이름을 날린 위인인 경우가 많지만, 그중 상당수가 기억을 잃는다고 해요. 떠올린다고 해도 어떤 식으로 살아왔다든지, 살기 위해 해왔던 일이라든지 하는 것 정도만 떠올린다고요. 기억이 있는 사람도 있었던 것 같긴 한데, 그건 드문 일이라고……."

그렇군. 기억이 없다는 것도 공통인가.

즉 머리에 들어 있는 것은 기억해낼 수 없지만, 영혼에 새겨진 것은 떠올릴 수 있다는 느낌인 걸까.

음, 들으면 들을수록 완전히 그거네, 나는.

"……아가씨, 완전히 그거죠? 과거에 유명한 격투가였다든가 무술가였다든가, 뭐 그런 거죠?"

응, 완전히 그거다. 부정할 수 있는 요소가 없다.

그보다, 그게 맞다.

"지금까지 말 안 하고 잘 참고 있었네. 물어보고 싶었을 텐데 어떻게 참았어?"

나라면 바로 물어봤을 것이다. 그야 궁금하잖아.

하지만 그런가.

들켰구나.

나는 머리를 사용하는 것에는 서툴러서 들키지 않도록 신중하게 움직이자는 생각은 희박했다. 섣불리 숨겼다가는 무덤을 파는

꼴이라는 걸 뻔히 알았으니까.

언제 들켰을까?

이 모습을 보면 꽤 이른 단계였겠지. 내가 보기에도 부자연스러움이 지나쳤다.

리노키스는…… 난처하다는 얼굴로 미소 지었다.

"……확인하고 싶어도 확인할 수 없는 일도 있잖아요? 리스톤 부부가 보시기엔 그, 따님…… 인 거고…… 저도 진짜 아가씨에게 정이 가 있던 상태라 인정하고 싶지 않았다고 할까요……."

……그렇군. 그런 거였나.

확인하고 싶어도 확인하기 무서운 일은 많이 있다.

"양친은 눈치챘을까?"

"모르겠어요. 저는 역시 계속 함께 있었으니까 싫어도 알 수밖에 없었지만…… 아니, 그 두 분도 둔감하신 편은 아니니까 분명 눈치채셨을 거라 생각해요. 다만 이제 와서 확인하실 마음은 없으시겠죠. 확실하게 말하면 딸이 죽었다는 것을 인정하는 셈이 되니까……."

……이제 그 부분은 어쩔 수 없으니 일단 놔두기로 하자.

내가 영령인 것도 지금은 됐다.

사람의 생사는 어찌할 도리가 없다.

아무리 후회해도, 인정하고 싶지 않아도.

만약 내가 죽어서 진짜 니아가 돌아올 수 있다면 이야기는 별개지만. 그런 것도 아니니까.

"그 영령 빙의에 관해서는 숨기는 편이 좋을까? 아니면 숨길 필요는 없을까?"

"숨기는 편이 좋을 것 같아요. 영령은 과거의 위인인 경우가 많으니까 성왕교회에 알려지면 데려가려고 할 거예요. 과거 성인일 가능성도 높으니까요."

흠, 성왕교회라.

전생에서도 그런 이름의 종교에 물든 나라가 있었던 것 같다.

"옛날에는 꽤 강제적이었는지, 성녀를 필두로 권세를 떨치면서 납치나 인신매매라는 수단을 써서 사람을 데려갔다고 해요. 설령 영령 빙의가 왕족이라도 데려가는 일이 있었다고 하는데……. 그렇지만 지금 시대는 성왕교회도 권위나 권력 같은 것이 약해졌으니까요. 말을 걸긴 하겠지만 강제로 끌려가는 일은 없을 거예요."

뭐, 그것에 관해서 말하자면.

"아무래도 상관없으니까 딱히 문제는 아니네."

"그렇죠. 아가씨는 좀 지나치게 강하니까요."

아하하, 하고 웃는 소리가 조금 허무하게 들렸다.

나는 좀이 아니라 많이 강하지만, 리노키스에게는 나의 힘이 전혀 전해지지 않은 모양이었다.

스승으로서는 조금 충격이다.

스승이란 언제나 제자에게 굉장한 존재로 여겨지기를 바라는 법이다.

"하지만 성왕교회가 강제적으로 나오지 않을 거라는 보장은 없고, 다른 성가신 일이 생기지 않는다고 단언할 수는 없으니까요. 지금까지와 같은 니아 아가씨로서 행동해 주시면 좋을 것 같아요."

좋아, 이해했다. 숨기는 방향으로 하면 되겠네.

"그럼 수행을 시작해 볼까?"

꽤나 탈선해버렸지만, 슬슬 본론으로 돌아가자.

나의 휴가를 위해서도 말이지.

조금 이야기가 길어지긴 했지만, 예정대로 수행을 시작할 수 있었다.

길어져 버린 이야기도 결코 헛된 시간은 아니었다.

리노키스에게 내 상태를 알린 덕분에 꽤 하기 수월했다. 이것으로 그녀에게 사양할 필요가 없어졌다고 말할 수 있다.

'기'를 사용한 기술 수행에 들어가기 전에 영령의 이야기를 나눈 것은 뜻밖의 행운이었다.

나는 누구인가?

그런 근본적인 의문의 답은 벌써 2년이 넘도록 알지 못하고 있었다.

그것으로 특별히 곤란한 일도 없으니 새삼 조급해할 필요는 없다. 뭣하면 몰라도 상관없다는 생각마저 있다.

한가할 때 흥미가 생긴다면 그때 알아보면 그만이다.

영령 빙의라는 현상이 있고, 내가 그것에 해당한다는 것을 알게 된 덕분에 내가 안고 있던 의문은 절반 이상이 해결되었다.

이제 와서는 내 정체 따위는 몰라도 그만이다.

그런 지나간 옛날 일보다 지금이 중요하다.

지금의 니아 리스톤으로서 우선해야 할 일을 할 뿐이다.

"여러 번 보여주고 싶지만, 이 몸으로는 아직 연발은 못 해. 그러니까 놓치지 마."

'기'를 사용하는 기술은 거의 모두 필살의 위력을 갖고 있다. 그래서 반동도 크다.

그러므로 이 미숙하기 짝이 없는 아이의 몸으로 쓸 수 있는 기술은 손에 꼽을 정도다. 대형 마수를 일격에 부수는 적당한 레벨의 기술도 무리일 것이다.

리노키스에게 알려주는 것은 기본 중의 기본이다.

개인적으로는 굉장히 부족한 기술이지만…… 뭐, 아직 '기'를 다루는 것이 미숙한 리노키스에게는 딱 좋겠지.

분명 기술과의 궁합도 좋아서 잘 맞을 것이다.

"원형은 이미 리노키스 안에 있을 거야."

입학 전 신체 측정 때 벌였던 간돌프와의 대결, 암투기장에서 검귀와 싸웠을 때 보여준 그 고속의 일격이다.

속도에 특화된, 선(先)의 선을 제압하는 선제 일격.

"텐파류에서는 오의라고 하는 것 같지만, 이건 말 그대로 초보자용 기술——기권 · 뇌음."

오른손으로 주먹을 만들고 적당히 앞을 향해 내밀었다.

"눈은 잠시 깜빡이지 마. 순간이니까."

그래, 순간이다.

체내의 '기'를 전신에 두르고, 크게 한 걸음 내디딘 다음, 내민 주먹 그대로 그것을 부딪쳤다.

콰과과광!

하늘에서 내려치는 듯한 천둥소리가 울려 퍼졌다.

주먹에서 발생한 뚫는 듯한 충격이 작은 호수를 달리며——둘로 갈라졌다.

으음.

"약하네."

예상했던 대로의 결과에 납득하고 일단은 수긍했다.

소리에 놀라 날아오르는 새들 아래, 갈라졌던 호수의 물이 제자리로 돌아갔다.

소리만은 거창하게 화려하지만, 이 취약한 위력이라면…… 이래서야 중급 마수 정도에나 먹힐 것이다.

하지만 뭐, 합격점이려나.

이번 생에서는 처음으로 기술을 사용했다. 초보자용인 '뇌음'이 이 정도라면, 생각보다 신체의 부담이 없었다.

이 정도면 한두 단계 위의 기술도 쓸 수 있을 것 같았다.

하지만 그 이상은 위험할까?

내보내는 순간 온몸의 뼈가 부서지고 힘줄과 혈관이 전부 다 터질 것이다.

"봤어?"

"네, ……네. 아가씨, 지금 그거, 굉장했어요……."

딱히 굉장한 것은 아니지만.

뭐, 겉모습만큼은 거창해 보이니 놀란 것도 이해는 갔다.

"원리는 네가 날리는 선제 일격과 똑같아. 다만 '내기(內氣)'의 배분량이 달라지지."

"음…… 이건 '외기(外氣)'인가요?"

"아니, '내기'의 범주야. 애초에 외기는 아직 알려주지도 않았고 할 수도 없잖아."

'기'는 여덟 가지 요소로 구성되어 있는데, 크게 분류하자면 두 가지다.

체내에 담을 수 있는 '내기'와 신체 밖으로 방출하는 '외기'.

'내기'야말로 '기'의 기본이며 핵심이다.

'외기'야말로 '기'의 응용이며 오의였다.

우선 '내기'를 단련하여 어느 정도 수행하지 않으면 '외기'는 다룰 수 없다고 봐도 무방했다.

……이런 이야기들은 리노키스가 제자가 된 직후 바로 알려준 것이었기에 새삼스럽게 설명할 필요는 없겠지.

"하지만 호수가 갈라졌는데…… 그래도 '외기'가 아닌 건가요? 뭔가 기가 날아간 느낌이었는데 그런 건 아닌가요?"

아, 그 부분 말이구나.

"그건 주먹에 의한 충격파야."

"충격파?"

"하지만 중요한 건 그 부분이 아니라 저 소리 쪽이지."

"소리라고 하면…… 그 천둥 같았던……?"

"맞아. 그건 소리의 속도를 초과했을 때 나오는 거고, 그런 소리를 내는 초속의 움직임이 바로 《뇌음》인 거야. 발을 내딛으면서 치는 거지. 충격파는 거기에 따라오는 덤이랑 비슷해. 어때? 리노키스가 좋아하는 거 아니야?"

간돌프와의 싸움도, 검귀와의 싸움도, 리노키스는 상대보다 한 발 앞서 먼저 공격에 나섰다.

이유 여하를 따지지 않고 속공으로 승부를 결정지으려 했다.

'뇌음'은 그야말로 그녀가 좋아하는, 선의 선을 제압하는 속도의 기술이다.

마수를 상대로는 조금 불안하지만, 상대가 사람이라면 이것으로 충분하다. 몸통에 닿기만 하면 대체로는 죽는다. 즉사하느냐 아니냐의 차이가 있을 뿐이다.

"'내기'의 힘을 모두 속도로 돌리는 건가요?"

"그 부분은 개인의 감각에 달려있으니까 굳이 조언은 하지 않을게. 하지만 생각 방식은 그 정도면 됐어. 이 기술의 가장 큰 장점은 성공하면 소리가 난다는 거야. 알기 쉬워서 좋지?"

그러나 그렇게 말하는 내 목소리는, 이미 닿지 않았다.

벌써 리노키스는 '뇌음' 연습에 들어가 버렸다.

아무래도 마음에 든 모양이었다. 이 정도면 1년도 걸리지 않고 습득할 수 있을 것이다.

――이쪽은 이거면 됐고.

이제부터는 내버려 두면 된다. 지칠 때까지 수행을 계속하다가 지치면 알아서 돌아올 것이다.

이 틈에 나는 왕을 만나러 가자.

얼른 성가신 일을 해치워 버리고 휴가를 마음껏 만끽해주겠다.

수행에 몰두하는 리노키스를 두고 먼저 별장으로 돌아왔다.

평소에는 야외에서 리노키스가 내게서 떨어지는 일은 그렇게 많지 않았다.

호위할 필요가 없다고 판단했기 때문일까, 아니면 기술 습득에 열중하고 있기 때문일까…….

뭐, 둘 다겠지.

리노키스의 끈질김, 아니 직무를 향한 성실한 자세는 칭찬할 만하다. 깜빡 잊어버리는 일 따위는 절대로 없다.

지금은 왕족이 와 있는, 우리 편밖에 없을 외딴 섬에 있다. 외적이 있을 가능성은 상당히 낮다는 판단도 있었을 것이다.

외적이 좀 있다고 해도 딱히 상관없기도 하고 말이지. 영령 빙의니까.

어쨌든 리노키스가 없는 것은 좋은 일이다.

"폐하."

그는 왔을 때와 같은 장소에 있었다.

갑판 의자에 누운 채 우아하게 책을 읽는 왕 주변에는 아무도 없다.

떨어진 곳에서 느껴지는 시선은 아마도 호위겠지. 하지만 거리가 멀기 때문에 평범하게 말한다면 들리지는 않을 것이다.

밀담을 나누기엔 제격이다.

"뭐냐. 나한테 말 걸지 마라."

낮고 감정 없는 목소리가 돌아온다.

책장 넘기는 소리가 묘하게 귀에 남았다.

"폐하께 의논할 일이 있습니다."

"아이의 하찮은 생각 따윈 들을 시간 없다."

"이용할 수 있는 건 무엇이든 이용하라고 한 것은 당신입니다."

"……호오?"

왕이 움직였다.

책을 테이블에 두고 몸을 일으켜 앉더니 땅에 두 다리를 내리고 몸을 나에게 돌렸다.

그의 이름은 휴렌츠 알투아르.

알투아르 왕국 제14대 왕이라고 했나?

우선 힐데트라와 같은 녹색 눈동자에 붉은 점이 찍혀 있는 것이 눈에 띈다.

누구나 아는 왕족의 증거라고 하지만 실제로 보면 무척 인상 깊다. 힐데트라도 그렇지만 정말 특이한 눈색이다.

하지만 그녀와 달리 왕은 안광이 날카로워 상대의 움직임 하나도 놓치지 않겠다는 듯 빛나고 있는 느낌이었다.

밝은 금발이 연해 보이는 것은 흰머리가 섞여 있기 때문이겠지. 나이는 40~50세 정도일 테니 흰머리가 나도 이상하지 않았다.

머리 모양도 독특했다. 이마에서 좌우로 갈라져 있고 귀 옆에서 밖으로 마구 튀어나와 있다. 어쩌면 공무 때는 머리를 말고 있는 것인지도 모른다.

다만 뭐라고 말하면 좋을까…… 투기와도 비슷한 패기, 혹은 위정자의 위압감이라고 해야 하나. 형언할 수 없는 힘이 넘치는 표정은 연륜이 느껴지면서도 정력적이고 단정했다. 늘어짐 없는 얼굴과 몸은 30대라고 해도 믿을 것 같았다.

흠, 이 남자는 꽤 기백이 있어 보였다.

힘 있는 눈동자도, 꾸미지 않은 신체도 모두 일반적인 서민들과는 전혀 달랐다.

부친으로서, 그리고 사람으로서는 칭찬받을 수 없을지는 몰라도 왕으로서는 다르다. 결코 어리석은 왕은 아니다.

뭐, 정신적으로 강하다고 해도 육체적으로 강한 것은 아니었기에 이 정도 거리라면 1초도 걸리지 않고 잠들게 할 수 있지만.

이야기가 예상 밖의 방향으로 튀어서 귀찮아질 것 같으면 잠시 재워두기로 할까.

상대가 왕이든 아니든, 나에게는 그저 풋내기. 이런 자는 단순한 애송이였다.

"짐을 이용하겠다? 심지어 직소로? 분수를 알아야지."

그렇게 말한 왕의 입매는 가소롭다는 듯 올라가 있었다.

아마 재미있어하는 거겠지. 적어도 거절하지는 않은 것이라 판단했다.

그건 그렇고 '짐'이라. 공사로 말투가 달라지는 타입인 건가.

"목욕가운을 입고 휘두를 수 있는 권위가 어디 있을까요?"

그런 차림으로 말해도 설득력이 없어요, 라는 뜻을 담아 말하자 왕이 코웃음을 쳤다.

"흥, 뭐 좋다. 시시한 얘기라면 물리면 그만이지."

일단 들어줄 것 같으니 편하게 얘기해 볼까.

이야기가 길어지면 질려서 끝나버릴 수도 있었기에 나는 간략하게 용건을 전했다.

· 알투아르 왕국에서 최강자를 가리는 격투 대회를 열고 싶다.

· 1년 후를 예정하고 있다.

· 그러니 힘을 빌려달라.

요약하자면 위의 세 가지였다.

"그 대회를 개최하려는 목적이 뭐지? 다섯 가지 이상의 이점이 없으면 생각해 볼 가치도 없다."

"어, 다섯 개나?"

여기선 좀 놀랐다.

과연 위정자라고나 할까. 커다란 이점 두세 가지만 있으면 될까 싶었는데 그 이상을 원하고 있었다.

"다섯 개가 아니다. 다섯 개 이상이다. 아무래도 이야기는 여기

서 끝인 것 같군."

"네? 설마요? 당연히 다섯 개 이상 있거든요?"

서로가 알고 있다.

나는 지금 다섯 가지 이상의 이점을 생각하지 못한 상태고 왕도 그것을 간파하고 있다.

"그렇군. 그럼 말해 봐라."

하지만 여기서 이야기가 끝난다면 서로 얻을 것이 없다.

적어도 아직 이야기를 듣고 있는 왕의 태도로 볼 때 그도 전혀 내키지 않는 것은 아닌 듯했다.

오늘 이제 막 만났지만, 이 남자는 이득이 없는 이야기는 처음부터 하지 않는다.

지금은 특히 그렇다.

대량의 일을 완수한 뒤에 맞이하는 귀한 휴일에 귀찮은 일 이야기를 듣고 온다면 단순히 불쾌할 뿐이다. 적어도 나라면 그렇다. 이런 이야기도 내팽개치고 그냥 휴가를 즐기고 싶다.

조금도 가능성이 없다고 생각하면 대화 자체를 중단할 것이다.

그러니까 지금은 다시 말해 어떻게든 다섯 가지 이상의 이점을 쥐어짜 내야 한다는 뜻이었다.

"우선 기획부터 관련된다면 입맛에 맞는 규칙을 만들 수 있다. 그렇다면 큰 금전적 이익을 창출할 수도 있겠죠."

"하나, 금전적 이익. 다음은?"

"얼마 전 열린 알투아르 학교의 초등학부, 중등학부의 격투 대회는 여러 차례 재방송될 정도로 인기 있는 기획이 됐습니다. 저 규모로 그 정도의 반향을 일으켰다면 거국적인 대규모 진행에, 나아가 매직비전 촬영과 방송까지 더해진다면 마정판 매출에 크게 기여할 것으로 보입니다."

"정말로 그럴 거라 확신할 수 있나?"

"출하량은 적지만 기존 구매자층에는 없던 학부모가 마정판을 구매했다는 실적이 있습니다. 알투아르 왕국에서 가장 강한 사람을 가리는 대회라면 분명 많은 사람이 관심을 가지고 또 보고 싶어 하겠죠. 즉 매직비전으로 대회 재방송을 보고 싶어 하는 새로운 층이 구매를 고려할 겁니다."

"둘째, 매직비전의 보급. 다음은?"

"……."

큰일이군. 벌써 소재가 떨어졌다.

"아이참, 그렇게 서두를 필요도 없잖아요. 차분히 이야기할까요? 아, 어깨라도 주물러 드릴까요?"

"네가 타국의 사자였거나 절세의 미녀라면 응했겠지만. 짐은 아이와 담소하는 취미는 없다."

……그렇겠지.

뭐, 그거다.

어차피 내 진심 같은 건 이미 알고 있을 테니 솔직하게 말하기로 하자.

"소재가 떨어졌어요."

"이봐. 너무 빠르잖아."

"빠르네요."

나도 그렇게 생각한다. 하지만 어쩔 수 없다. 이런 대화를 하게 되리라고는 생각도 못 했으니까.

나는 박치기 외에 머리를 쓰는 일은 잘 못 한다.

"이 이상의 이점이라고 하면 제가 기대하고 있다는 것 정도밖엔…… 아, 왕도 기대하고 계시나요?"

"──그래, 니아 리스톤. 넌 짐을 무시하고 있는 게로군?"

왕의 날카로운 두 눈에서 평범한 어린애였다면 그대로 짓뭉개졌을 정도의 압력이 느껴졌다. 상당한 안력이다. 평범한 아이였다면 분명 울음을 터뜨렸을 것이다.

"그래도 기대되시지 않나요? 본인의 나라에서 누가 제일 강한지 관심이 가시지 않나요?"

그저 어린애라면 울고 끝났겠지만 나는 아무렇지도 않다. 여차하면 뒷목을 팍 하면 그만이다.

"없어. 누가 강하든 상관없다."

그러나 왕의 그 한마디는 경악스러웠다. 귀를 의심했다.

"어? 어째서요? 남자라면 누구나 한 번쯤은 힘이나 강함을 원하지 않나요? 그 시절의 추억이 되살아나는 법이잖아요?"

"이제 이야기는 끝내도 되나? 그렇다면 그만 가봐."

어, 정말 흥미가 없어? 정말?

믿을 수 없다. 어떻게 이런 사람이 있을 수 있지.

도저히 믿을 수가 없어 뚫어지라 왕을 쳐다보고 있는데——그가 보란 듯이 커다란 한숨을 내쉬었다.

"달리 있지 않으냐. 거국적인 기획이라면 다른 나라의 손님도 부를 수 있지. 그들에게 이 나라의 강자를 보여주는 것도 중요하겠지만 그보다도 매직비전을 다른 나라에 수출할 수 있는 발판이 된다. 계기만 있으면 우방국과 손을 잡고 협력하여 이 나라에서 다른 나라의 프로그램을 볼 수 있게 될지도 모르고. 타국의 보급 활동, 이것은 금전으로는 대체할 수 없는 최대한의 이익을 낳을 수 있지. 물론 고액의 외화도 들어올 거고. 비행황국 반돌루즈의 비행선 기술을 알아볼 기회도 생길 수 있겠군……. 게다가 내 아이들의 혼인에도 영향을 미칠 수 있겠지. 대규모 대회일수록 알투아르 왕국의 평판과 가치는 올라갈 테니까. 어떻게 움직이느냐에 따라서는 우위를 점할 수 있을 게다. 강함을 자랑한다면 소문을 듣고 실력 좋은 다른 모험가도 모여들겠지. 아직 개척이 안 된 부유섬을 조사하여 새로운 자원을 확보할 돌파구를 찾아낼 수 있을지도 모르고——이 정도는 말할 수 없는 건가?"

……

솔직히 '거국적인 기획이라면' 부근에서 더 이상 이야기를 따라잡지 못했다. 잘도 저렇게 술술 말이 나오는구나 싶다.

"정말 대단하세요~, 머리 좋다~, 현왕~."

결국 그것만을 말하는 것이 고작이었다.

"역시 날 무시하고 있지?"

뭔가 굉장히 불쾌한 얼굴을 보고 말았다.

형언할 수 없는 침묵이 찾아든 그때.

"아버님!"

별장에서 힐데트라가 달려왔다. 아무래도 들켜버린 모양이다.

"니아는 아직 6살이라고요?! 저보다 어려요! 이런 유아를 유혹하려 하다니 얼마나 변태인 거죠!"

……응? 뭔가 엄청난 오해를 하고 있는데?

"누가 유혹을 했다는 거냐. 이 나라의 혼인은 15세부터라고 정해져 있다. 내가 유혹하는 건 15살 이후의 재주 많은 미녀와 미소녀뿐이다."

이봐, 왕. 부정해야 하는 건 그 부분이 아니잖아.

"애송이 주제에 왕인 나에게 겁먹지 않고 직소하고, 그뿐만 아니라 나를 놀리는 배짱과 담력을 가진 여자다. 그냥 흘려보내긴 아깝지. 우수한 여자는 뛰어난 인재를 늘리기 위해서라도 우수한 내 아이를 낳아야 한다."

이런, 위험했다.

나도 모르게 반사적으로 손이 나갈 뻔했다. 퍽 하고 옆얼굴을 칠 뻔했다. 그보다 나 외에 다른 애한테 그런 말을 했다면 정말 때렸을 것이다.

그런 거였군.

왕의 호색에 대한 소문은 다음 대에 우수한 아이를 남기기 위한 것이었나. 호색임을 감추기 위한 위장도 아닌 것 같았다.

뛰어난 인재를 위해.

왕은 진심으로 그렇게 생각하고 있었다. 그는 가족에게조차 정이 없는 남자다. 여자를 품는 것도 왕의 의무라고 생각하는 것이 아닐까.

그러나 말이다.

"이 사람 머리, 멀쩡한 거야?"

힐데트라를 보자, 그녀는 지금까지 본 적이 없을 정도로 떨떠름한 얼굴을 하고 있었다.

"멀쩡하지 않으니까 만나게 하고 싶지 않던 거예요. 멀쩡하지 않았죠?"

"응, 멀쩡하지 않았어."

그렇구나. 친자식의 눈으로 봐도 멀쩡하지 않은 건가.

힐데트라가 부친 얘기만 나오면 못마땅한 표정을 짓는 이유를 이제 알았다.

"……흥. 왕의 생각은 왕밖에 이해할 수 없지."

아이 둘에게 '멀쩡하지 않다'라는 말을 들은 왕은 이쪽에 등을 돌린 채 갑판 의자에 누워버렸다.

슬픈 등을 내보이는 중년 남자의 모습은 막 대하는 딸의 모습에 삐친 아버지 같았다. 뭐, 그 말도 완전히 틀린 말은 아닌가. 사랑은 거의 없을지도 모르지만.

"니아 리스톤."

쓸쓸해 보이는 등이 말했다.

"그런 계획은 나도 생각하고 있었다. 아직 시기가 이르긴 하지만 하는 일을 막지는 않아. 준비만 되면 지금 당장이라도 해야 할 일이다."

즉…… 대회의 기획에 협력할 생각은 있다는 뜻인가?

"하지만 문제는 자금이다. 대략적으로만 계산해도 적어도 1억 크람은 필요하겠지."

호오. 1억 크람이라.

"이, 1억?! 니아, 이게 다 무슨 소리예요?!"

힐데트라가 놀란 것은 그것이 상당한 액수였기 때문이리라.

하지만 사실 나는 화폐의 가치를 잘 몰랐다.

직접 쇼핑할 일도 없고, 필요한 것이 있으면 저축금으로 모아 둔 용돈으로 리노키스가 사다 준다.

그렇다 해도 한 달에 한두 번씩 학교에서 필요한 것을 사는 경우가 대부분이다. 소지금도 남은 돈도 모르고, 애초에 돈을 만져 본 적이 없다.

"적게 잡아서 말이다. 내가 보기엔 최소한 그 열 배는 더 필요해. 더 있어도 부족할 정도지. 그만한 돈을 쏟아부을 가치가 있고, 한다면 쏟아부어야 해."

열 배.

10억 크람인가. ……힐데트라가 또 놀라고 있으니 상당한 액수인 거겠지.

"그리고 개최 시기는 내후년······ 2년 후가 좋겠군. 1년에 걸쳐 사전 준비를 하고, 나머지 1년 동안 전국에서 출전자를 모집하고 다른 나라에 초대장을 보내는 준비 기간으로 삼는다──라는 계획까지는 떠오르지만, 절망적일 정도로 자금이 부족해. 나 개인이 즉시 낼 수 있는 건 5천만 크람까지다. 국가의 지원을 모으면 2억 정도는 끌어올 수 있을까······. 하지만 명목상 오락적인 면이 강한 이상 아랫사람들의 반감을 생각하면 우책에 가깝군. 성공의 길은 보이지만 확증이 없다. 내 처지에서 그런 큰 도박은 할 수 없어."

흐음. 다시 말해 돈이 필요하다는 뜻이다.

"그럼 그 1억 크람이든 10억 크람이든 준비하면 실행은 가능하고 왕도 힘을 보태주신다는 거죠?"

"힘을 보태? 웃기는 소리. 자금만 있으면 무슨 수를 써서라도 내가 계획을 가로챌 거다. 다른 나라도 관여하는 이상 당연히 내가 책임을 져야지."

재미있네.

"그럼 돈만 준비하면 된다는 거죠?"

오히려 바라던 바가 아니다.

복잡하게 생각하는 것은 성미에 맞지 않았다. 돈만 낼 수 있다면 이야기는 빠르다.

어차피 나 혼자서는 돈만 있다고 해도 이룰 수 없을 테니까.

반대로 돈만 낼 수 있다면 귀찮은 일을 다 맡아준다는데 무슨 불만이 있겠는가.

심지어 약속 상대는 국왕이다. 들고 도망치려고 해도 절대 자신의 집을 떠날 수 없는 나라 최고의 거물.

내친김에 몰래 돈을 모아놓고 리스톤가의 재정난에 대비해 예비금을 마련해두는 것도 나쁘지 않겠다. 만일을 대비해서 말이다.

……가문의 일에 관해서는 매직비전 보급보다도 현금을 준비하는 편이 더 쉬울지도 모른다.

"힐데트라."

등을 돌린 채 왕이 딸의 이름을 부르자, 딸은 그것에도 놀란 것인지 "네, 네"라며 상기된 목소리를 들려주었다.

"나와 니아 리스톤의 창구는 너에게 맡기마. 니아 리스톤이 나에게 볼일이 있다고 하면 무슨 일이 있어도 최우선으로 나에게 직접 데려와라. 알겠나?"

"……애초에 무슨 얘기예요? 1억이니 10억이니?"

"이제부터 그 녀석이 마련할 돈 얘기다. 자세한 건 본인에게 물어봐."

왕은 다시 독서로 돌아갔다.

나와 힐데트라는 떨어진 곳에서 다시 한번 나라에서 가장 강한 자를 가리는 격투 대회에 대한 기획 이야기를 나눴다.

"아아…… 이해했어요."

이해한 모양이다.

그렇다면 1억이니 10억이니 하는 금액은 그녀가 보기에도 타당한 액수인 거겠지.

……실제로 어느 정도의 액수일까.

"네? 10억 크람의 가치요? 글쎄요……. 중형 비행선이 대략 한 척에 1억이니까 작은 부유섬을 살 수 있을 정도겠네요."

……중형…… 그 말을 들어도 당장 감이 오지는 않는다.

"니아, 괜찮겠어요? 10억 크람은 사람이 평생 죽을 만큼 일해도 손에 들어오기 힘든 금액인데요?"

응, 뭐, 그거다.

"어떻게든 되겠지."

"안 된다고요! 무슨 짓을 해도 어떻게든 될 수 없는 금액이에요!"

"2년에 10억이니까, 1년에 5억씩 모으면 돼."

"왜 그렇게 가볍게 생각하는 거예요?! 10억은 보통이라면 평생을 들여도 벌 수 없는 액수라고요?!"

"괜찮아. 열심히 할게."

"열심히 하겠다는 말이 그 정도로 만능은 아니거든요?!"

슬슬 점심인가.

이 섬에는 아침 일찍 도착한 덕분에 아직 하루의 절반 정도밖에 지나지 않았다.

수행을 마치고 녹초가 되어 돌아온 리노키스와 배정받은 방으로 돌아와 왕과의 대화를 통해 진행한 상황에 관해 설명했다.

"2년에 10억? 무리죠."

빠르게 목욕을 마치고 땀을 흘린 뒤 평소의 시녀복으로 갈아입은 리노키스에게 말을 꺼내자마자 '무리다'라며, 힐데트라와 같은 말을 듣고 말았다.

"아, 하지만 아가씨라면 정말 어떻게든 될 것 같기도 하네요."

내가 영령이라는 사실에 생각이 미친 것 같았다.

그렇지? 어디선가 돈이 될 만한 마수라도 사냥해 오면 어떻게든 되지 않겠어?

예상외로 왕이라는 막강하기 이를 데 없는 뒷배를 얻게 된 것이다. 이것은 어떻게 해서든 실현하고 싶다.

"돈을 벌 노선은 확정됐어."

"노선이요?"

"마수 사냥이나 부유섬 개척뿐이잖아."

오히려 재빠르게 벌려면 그것 외에는 없다.

"뭐, 목표가 10억 크람이니까요. 정규적인 일로는 도저히 방법이 없겠죠."

그렇다.

힐데트라는 제대로 일해도 벌 수 없는 액수라고 했다. 그렇다면 일확천금을 노리는 수밖에 없는 것이다.

"솔직히 개인이 버는 건 불가능한 금액이라고 생각해요. 큰 가게를 차린다거나 노포라든가 특허라든가, 큰 장사나 이권으로 버는 정도밖에는 안 떠오르네요."

그렇군.

하지만 여전히 10억 크람이 얼마나 되는지 나는 알지 못했다.

"리노키스 급료가 얼마야?"

"아가씨, 그런 걸 물어보는 건 무례한…… 아, 네. 죄송합니다. 리스톤가에서는 한 달에 40만 크람 정도 받고 있습니다."

흥미 위주로 물어보는 것이 아니라는 나의 의도가 전해진 것인지, 리노키스가 곧바로 대답한다.

"그 40만 크람은 높은 편이야?"

"리스톤가의 시녀치고는 높은 편이죠. 고용되었을 당시 저는 아가씨의 간호도 겸하고 있었기 때문에 업무 시간이 길었습니다. 그래서 조금 높아진 거예요. 참고로 말하면 지금은 아가씨를 지키기 위해 계속 붙어 학교에 대기하고 있기 때문에, 기본급에 그만큼의 수당도 나오는 형태예요. 그래서 전이나 지금이나 똑같습니다."

흐음…… 달에 40만은 높은 편인가?

"서민들의 급료는 어때?"

"글쎄요…… 30만을 받으면 많은 편이라는 얘기를 들은 적이 있긴 하지만요. 결국 업종에 따라 다르니까 일률적으로는 말할 수 없네요."

흠.

그럼 일단 30만으로 상정하기로 할까.

"그 수입으로 따지면 10억 크람은 굉장한 거금이지?"

"엄청난 거금이죠. 상식의 범위로도 없을 금액이라고 생각해요."

······그렇군. 힐데트라가 놀란 이유를 이제야 알았다.

"참고로 내 한 달 용돈은 5천 크람이지?"

"학교에 들어온 뒤로는 만 크람이 됐습니다."

호오, 올라갔구나. 쓸모는 없지만······. 아이 용돈으로 비싼지 적당한지 저렴한지도 역시 잘 모르겠다.

그래서, 말이다.

"10억의 가치를 가진 마수는 있어?"

알고 싶은 것은 2년에 10억 크람을 버는 방법이지, 내 금전 감각 따위는 아무래도 상관없었다.

가능하다면 최대한 빨리 벌고 싶다.

"억 단위는 몰라도 수천만 크람대의 상급 마수라면 몇 마리 있을 거예요."

"그렇구나. 딱 좋네."

"그렇게 간단하지는 않을 것 같은데요······."

비싼 것에는 나름의 이유가 있다.

쉽지는 않겠지만 할 수밖에 없는 상황이다.

왕은 내가 예상했던 1년이 아닌 2년 후라고 했다.

즉 돈을 마련하는 기간이 늘어나서 제법 여유가 생겼다고도 할 수 있다. 빠르고 계획적으로 움직일 수만 있다면 분명 10억 정도는 벌 수 있을 것이다.

게다가 잘 생각해 보면 다른 면에서도 플러스라고 할 수 있었다.

"있지, 리노키스. 넌 나에게 몸도 마음도 다 바쳤다고 했지?"

언젠가 그녀는 그런 말을 했던 것이다.

들었을 때는 전혀 필요 없다고 생각했는데 지금은 아니다.

"……네?! 무, 물론이죠?!"

"그럼——아, 옷은 안 벗어도 돼. 벗지 말아줘. 벗지 마. ……안 벗어도 된다고 했잖아."

왜 벗는 거야. 여전히 불신감을 거리낌 없이 올려주는 제자였다.

"이것이 제 성의입니다."

알몸이? 무슨 성의? 벗어서 뭘 어쩌자는 건데? 벗은 의도는 뭐고?

이제 됐다.

진지하게 상대하면 피곤하다.

"나한테 돈을 바쳐. 10억 크람 정도."

"……죄송합니다. 최대한 무리해서 쥐어짜도 모은 돈은 천만 정도밖에는…… 알겠습니다. 도박으로 늘려오겠습니다……."

"그게 아니라."

나는 의자에서 일어나 리노키스가 벗어 던진 옷을 모아 그 앞에 돌려주었다.

"내가 학교에서 생활하는 동안 틈틈이 모험가가 돼서 돈을 벌고 이름을 알려. 2년 뒤 격투 대회를 향한 수행이기도 하고, 그와 동시에 돈벌이 수단이기도 하지. 최강의 모험가가 있다. 등장하자마자 억대로 벌어들인 모험가가 나타났다. 그런 소문이 퍼지며

일거수일투족을 주목받고, 알투아르뿐만 아니라 다른 나라에도 이름이 알려질 정도의 거물이 되는 거야. 너 자신이 살아있는 광고판이 되는 거지. 그리고 대회를 고조시켜서 우승해.”

이런 데서 벌거벗고 있을 때가 아니란다, 제자야.

“원래라면 내가 하고 싶지만, 지금의 나로서는 무리니까 제자인 너에게 맡길게. 나 대신 부탁해.”

“……하는 것까진 상관없지만, 아가씨를 떠나는 건…… 제가 돌봐드려야 하는데…….”

“학교생활에서는 계속 붙어 다니면서 돌봐줄 필요는 없잖아? 방 청소나 빨래라면 빈 시간에 리넷에게 부탁하면 될 일이고. 일단 기숙사에 딸린 하인도 있으니까.”

오라비의 전속시녀 리넷은 기숙사는 달라도 거의 같은 곳에 살고 있었다.

그녀도 오라비의 수업 중에는 시간이 있을 테니 부탁하면 해줄 것이다. 뭐, 안 해준다면 안 해주는 대로 어떻게든 되겠지.

“촬영할 때 보조는요?”

“언제든 촬영반이 붙어 있을 건데? 필요하면 그들이 해주면 되고 애초에 촬영 중에는 넌 한가하잖아.”

“아가씨의 일을 지켜본다는 중요한 일을 하고 있어요!”

응, 그래. 그럼 괜찮겠네.

“지켜보지 않아도 되니까 벌어와. 나를 위해 갖다 바쳐.”

“……아가씨, 저는…….”

옷을 받아든 리노키스는 어딘가 애수를 머금은 듯한 수줍은 얼굴로, 가련하게 미간을 좁혔다.

"……아가씨의 그런 강제적이고 제멋대로인 점이 좋아요……."

응, 그래.

그렇게 부끄러워하면서 할 말은 아니라고 생각하지만.

점심 식사 때 내 응접실로 힐데트라가 찾아왔다.

조금 전의 일로 인해 복잡한 이야기가 될 것으로 예상한 것인지, 그녀는 내 방으로 음식을 옮겨와 식사하면서 대화를 나누자고 했고 나는 그것을 승낙했다.

일단 레리아렛에게도 말을 걸어보았지만, 여전히 틀어박혀 있었기에 포기한 모양이었다.

"그래서? 10억 크람은 어떻게 조달하실 생각인가요?"

"그건 리노키스한테――."

우리의 대화는 점심 식사가 끝난 뒤에도 오랫동안 지속되었다.

"이걸로 해야 할 말은 다 한 것 같네."

오찬으로 시작한 힐데트라와의 대화는 저녁 무렵까지 이어졌다.

과연 왕족이라고 해야 할까. '어떻게든 되겠지' 하는 마음으로 대충 정리하고 있던 문제 대부분이 힐데트라의 조언으로 정리되었다.

이것으로 남은 건 실행하기만 하면 된다.

"매직비전에 관련된 거라면 저도 꼭 협력하고 싶은 마음이지만……."

"괜찮아. 이건 내가 개인적으로 하고 싶었던 일이니까."

"그럴 수는 없어요. 하지만 저는 최대한 낸다고 해도 500만 크람 정도라서요. 10억 크람이라는 목표액에는 턱없이 부족해요. 이 정도로는 도움을 드릴 수가……."

여덟 살에 그 정도를 준비할 수 있으면 대단한 것 같은데.

"괜찮아. 소액이라도 돈은 돈이니까."

"네? 아, 받으실 생각은 있으시군요?"

"왕께도 말해줘. 여유가 있으면 5천만은 내달라고."

"아, 으음? ……전달은 해두겠지만, 내줄지 어떨지는 몰라요."

"괜찮아. 본인이 낼 수 있다고 하셨어."

"그 말은 저도 들었어요. 하지만 처음부터 무조건 낸다는 뜻이 아니라 낼 수 있다면 하겠다는 비유의 말로…… 뭐, 일단 전해는 두겠지만요……."

좋아, 이걸로 남은 건 9억 3천 5백만 크람이다. 리노키스도 천만은 낼 수 있다고 했고. 내 용돈도 집어넣고 싶은데 얼마나 있을지는 모르겠다.

힐데트라와의 대화를 통해서 해야 할 일도 분명해졌고, 그녀의 연줄이 있으면 돈을 모을 수 있는 환경도 조성될 것이다.

휴가도 중요하지만, 앞으로의 일정을 구체적으로 생각해야 했다.

그리고 나 자신의 준비도 해둬야겠지.

격투 대회 기획을 세운 다음 날부터 나는 본격적인 행동을 개시했다.

먼저 리노키스는 '기권·뇌음' 수행.

이미 자세는 다 갖춰졌으니 진지하게 일주일 정도 훈련하면 가끔 나왔다가 안 나왔다가 하기 시작할 것이다. 역시 잘 맞는 기술이라 그런지 꽤 기세가 좋다.

그 근처에서 나도 참선을 했다.

나도 '기'를…… '팔기(八氣)'를 확실히 이 몸에 적응하게 해 상급 마수 정도는 편하게 사냥할 수 있도록 해둘 예정이다.

이번 휴가로 전생의 감을 얼마나 되찾을 수 있을까.

육체적인 나이로 미루어봤을 때 지금 이상의 수행은 빠르다고 생각하지만, 그런 소리를 하고 있을 때가 아니다.

가능하다면 이 섬에 있다는 던전에도 가서 실전 경험을 쌓고 싶은데, 왕족이 있는 현재라면 출입문이 엄중히 봉쇄돼 있을지도 모른다. 만일의 일이 생기지 않도록.

그렇다면 아예 그쪽은 포기하고 수행에 전념하는 편이 더 의미 있겠지.

"아가씨, 슬슬 들어가시는 게 어때요?"

"먼저 돌아가도 돼. 나는 이대로 종일 혹독한 수행을 할 예정이니까."

"네?"

슬슬 나도 하고 싶던 참이다.

리노키스가 특히나 좋아하는 혹독한 수행을, 나는 할 기회가 거의 없었으니까.

이 또한 휴가에서 하고 싶었던 나의 예정이다.

격투 대회 기획이 움직이기 시작하려는 이상, 논다는 예정은 우선순위가 미뤄질 것 같다. 앞으로의 일을 생각한다면 수행을 해둬야 했다.

"……아가씨가 돌아가지 않으시는데 제가 돌아갈 수 있을 리가 없잖아요……."

"어머, 리노키스도 수행에 참여하려고? 의욕적이네."

"하하하…… 그러게요……."

"넌 거친 걸 특히 더 좋아하잖아."

"……하하하……."

휴가 사흘째.

"으, 으윽…… 죄송해요, 아가씨……."

리노키스가 무너졌다.

거의 기듯이 찾아온 그녀는 안색은 질려 있고, 졸린 건지 한쪽 눈은 뜨지 못하고, 떨리는 근육에서는 쌓인 피로가 엿보였다.

어제 마지막까지 혹독한 수행을 진행한 탓이다.

거의 한계 직전까지 쥐어 짜낸 그녀의 육체는 하룻밤 사이에 회복되지 못한 듯 보였다.

……좀 미안한 짓을 했네.

어제는 오랜만의 수행으로 의욕이 오른 나와 함께 했으니까. 리노키스에게는 아직 힘들었을 것이다.

"좀 더 자."

"죄송합니다, 오후에는 일어설 수 있을 정도로, 회복해서……."

"됐으니까 자. 오늘은 아무것도 안 해도 돼."

"같이 자주실래요? ——끄윽."

잠꼬대가 유난인 리노키스를 재워서 침대에 던져두고 나는 방을 나왔다.

이곳은 왕족 소유의 부유섬이다. 당연하다는 듯이 응접실 옆에는 하인용 방이 있다. 기숙사 방과 같은 스타일이다.

아마도 알투아르의 귀인용 형식인 거겠지. 어차피 여기로 불려오는 게스트도 모두 귀인일 테니까.

그건 그렇고.

이 별장에도 하인이 있기 때문에 하루 정도는 리노키스가 없어도 문제없었다.

내 감시라는 중요한 역할이 있긴 하겠지만, 이렇게 된 이상 어쩔 수 없지! 아아, 어쩔 수 없다, 굉장히 유감이야! 나도 보호받고 싶지만 어쩔 수 없지!

"후후후."

창문을 크게 만들어 많은 빛이 들어오도록 설계된 복도.

흐리지 않는 푸른 하늘을 바라보며 나도 모르게 웃어버렸다.

리노키스가 없는 시간을 얻어버렸다. 예상치 못하게.

휴가 중에 감시자가 없다는 이 행운.

자유다. 지금이라면 뭐든지 할 수 있다.

이 귀중한 시간을 어떻게 보낼까?

······그러고 보니 이 부유섬에는 던전이 있다고 했지?

다른 뜻은 없지만, 장소는 어디더라?

다른 뜻은 없지만, 누군가한테 물어볼까?

다른 뜻은 없지만, 잠깐만 보러 가볼까?

다른 뜻은 없지만, 만약 들어갈 수 있다면——.

"니아!"

앞으로의 예정에 가슴을 부풀리고 있는데, 레리아렛과 그녀의 시녀가 달려왔다.

지난번에 왕을 본 쇼크에서 벗어난 것인지 그녀는 기운이 넘쳤다. 음, 애들은 역시 이래야지.

"안녕, 레리아."

"안녕. 지금 피를 볼 것 같은 뒤숭숭한 생각을 하고 있었지? 딱 그런 얼굴이었어."

만나자마자 하는 말이 그건가. 그녀는 감이 좋다고 할까, 사람의 감정을 읽는 것에 능한 것일지도 모른다. 종이 연극 아이디어도 내 얼굴을 보자마자 알아차렸고.

뭐, 내가 알기 쉬운 얼굴을 하고 있는 건지도 모르지만. 그렇게 얼굴에 드러나 있나?

"딱히 그런 생각은 안 하는데."

잠깐 던전을 보러 가고 싶다고 생각했을 뿐이다. 내친김에 안으로 들어가 두세 마리 정도 흉측한 오크나 더러운 촉수계 마수를 때려죽이고 싶다고 생각했을 뿐이다.

누구에게 폐를 끼치는 것도 아니고 굳이 남에게 말할 정도도 아닌 사소한 것만 생각했다. 피를 볼 일도 없다. 내 피는.

"흠? 뭐, 상관없지만. 그것보다 아침 먹고 수영하러 가자! 예쁜 호수가 있대!"

호수라고 하면 그저께와 어제 다녀왔다. 거기에 수영하러 가자고?

"아니, 나는……."

예상외의 자유 시간을 얻었으니까 다른 뜻은 없지만 던전에 잠시…….

"같이 가자. 니아, 어제는 아침부터 밤까지 안 들어왔지? 휴가 중에는 나랑 힐데 님이랑 니아 셋이서 실컷 놀기로 약속했잖아."

놀기로 약속…… 했었네. 그런 약속을.

휴가가 확실히 정해진 뒤에 셋이서 하고 싶은 걸 상의하고. 하고 싶은 게 너무 많았던 탓에 반대로 구체적으로 정해지지 않아서.

아예 현지에서 생각나는 걸 다 해보자고 약속했었다.

……어쩔 수 없나.

아이와 놀고 싶은 것은 아니지만, 지켜보고 싶다는 생각은 들었다. 레리아렛도 힐데트라도 손녀처럼 보이니까. 마냥 귀여운 것이다.

전생에서는 무를 위해 모든 것을 버렸다.

하지만, 이번 생…… 니아 리스톤으로서의 삶은 그래서는 안 된다고 생각한다.

——내 인생은 별로 대단하지 않았다.

기억은 없지만, 그것만은 확신할 수 있었다. 무의 정점은 생각 외로 공허하고, 아무것도 없었을 것이다. 그래서 이에 관해서는 아무것도 기억나지 않는다. 정말이지 조금도.

그러니까 이번에는.

이번에야말로 소중한 것을 가능한 한 품으며 살아가고 싶다.

……열 살도 안 되는 나이에 삶의 방식을 결정하기엔 너무 이른가.

"알았어. 수영하러 가자."

수행은 중지인가. 아쉽군.

적어도 마음껏 수영해 줘야지.

아, 왕이 있다.

레리아렛과 식당으로 향하니 테이블에 왕이 있었다. 또 목욕가운 차림이다. 아침부터 목욕이라도 한 건가?

그는 이미 식사를 마친 것인지 빈 접시를 앞에 두고 차를 즐기고 있었다.

무시해도 좋다고는 했지만 이렇게 조우한 이상 인사 정도는 하는 편이 좋을까.

"거기 꼬맹이들."

고민하고 있는데 저쪽에서 먼저 말을 걸어왔다.

"숲에서 버섯을 캐 와라."

"네?"

뭐라고? 버섯?

"오늘 점심은 바비큐다. 구워 먹을 거니까 따와."

그 말만 하고 그는 일어나서 가버렸다.

……음? 버섯? 바비큐?

"뭐, 뭐야……?"

어느새 내 뒤에 숨어 있던 레리아렛도 왕의 의미를 알 수 없는 발언에 당황하고 있었다.

아니, 의미는 안다.

바비큐에 구워 먹을 거니 버섯을 따오라고 분명히 말했으니까.

"좋은 아침이에요. 다들 왜 그러고 있어요?"

잠시 서 있는데 힐데트라가 다가왔다.

"지금 왕이……" 하고 내가 설명하자 그녀가 한숨을 내쉬었다.

"저 사람 나름의 배려예요."

배려? 저게?

"애들 다루는 법을 모르는 사람이니까요. 근데 저래 보여도 이 섬에 있을 때는 대접해 주고 싶은가 봐요. 바비큐는 그 사람이 유일하게 본인이 나서서 하고 싶어 하는 소일거리거든요."

아, 그래……

뭐, 멀쩡하지 않은 사람이라는 건 알고 있으니까 진지하게 생각하지 않는 편이 좋겠지. 그런 사람이라고 생각하고 말자.

"버섯을 따오라고 하시던데."

"바꿔 말하면 '같이 바비큐 하자. 그러니까 식재료를 모아와'네요."

아, 그래. 그런 거였구나.

"그럼 모으러 갈까요?"

"어……"

내가 말하자 레리아렛이 불만스러운 목소리를 낸다.

"수영은 오후부터 해도 되잖아. 그렇지, 힐데?"

"저희 아버님 때문에 죄송해요. 잠시만 아버지의 고집에 어울려주세요."

"네…… 알겠습니다."

얼굴로는 여전히 못마땅해 보이는 레리아렛도 결국 고개를 끄덕였고, 우리는 아침부터 어른의 고집에 어울리게 되었다.

아침 식사를 마친 우리는 산나물을 잘 아는 하인을 데리고 가까운 숲으로 향했다.

버섯을 찾거나.

"있다!"

"레리아, 그거 독버섯이야. 심지어 만지기만 해도 위험한 거. 다시 말해 왕족 같은 버섯이지."

"왕족에 대해 약간 가시가 느껴지는 발언이네요? 니아."

나무 열매나 과일을 줍거나.

"이게 베리인가?"

"붉은 사마귀알이야."

"꺄악?!"

"평범한 레드베리예요."

"……니아, 좀 맞을래?"

딱 좋은 느낌의 나무막대기를 줍거나.

"니아, 이것 좀 봐봐. 어떤 것 같아?"

"음…… 적당한 크기의 나무막대기?"

"아니, 이건 성검 애로우 잉글라스. 암해의 사신인 비지큐스를 베어낸 신을 죽인 칼이야."

"흐음……."

"백발의 어둠이여, 사라져라!"

"끄아아아아아아아! 어둠을 찢는 빛의 칼날에 피보라가 튀고 찢긴 배에서는 내장이 흘러나와 죽는구나아아아아아아!"

"아, 여배우 나왔다."

"니아는 의외로 잘 받아주네요."

작은 야생 동물을 보거나.

"아, 저기 봐! 다람쥐가 있어!"

"잡을까?"

"가지 위치가 너무 높아요. 역시 닿지 않을 거예요."

"이 정도면 문제없어. 저것도 먹을 수 있을 것 같은데 잡을까? 먹을래?"

"……이 이야기는 그만하죠, 힐데 님."

"……그러게요. 니아라면 정말 잡을 것 같으니까요."

벌레를 잡거나.

"레리아. 거기 벌레."

"꺄악?! 엄청 큰 거미!"

"바위 이끼 거미네요."

"먹을 수 있어?"

"독은 없으니까 가능하지 않을까요?"

"그럼 이것도 따갈——."

"하지 마, 니아!"

"어? 하지만 식량으로……."

"못 써! 고기도 채소도 다 준비되어 있다고 했잖아! 무리해야 먹을 수 있는 건 필요 없어!"

"그래? 레리아가 꼭 먹어줬으면 했는데. 나는 필요 없지만."

"니아, 진짜로 좀 맞을래?"

"두 분은 사이가 좋군요."

아침 이슬이 향기로운 숲 산책과 채취는 나름 재미있었다.

꺅꺅대는 아이들을 보고 있노라면 마음이 포근해진다고나 할까.

좋구나. 이런 잔잔한 시간도.

별장으로 돌아와 채취한 식재료를 하인에게 맡기고 잠시 휴식을 취했다.

그 후 수영복을 입고 수영 준비를 마친 뒤 바비큐를 할 예정인 호수로 향했다.

나와 리노키스가 수행할 때 사용했던 호수가 아니라 별장 바로 근처에 있는 호수다. 뭐, 장소는 어디든 상관없지만.

"——이봐, 애송이들! 빨리 와! 고기 구울 거다!"

안내된 그곳에는 목욕가운 차림으로 소리치고 있는 아저씨가 있었다.

왕이다.

얼굴이 붉은 것은 술이 들어간 탓이리라. 언제부터 시작했는지는 모르겠지만 이미 꽤 마신 것처럼 보였다.

"아버님, 바비큐 준비는 다 됐나요?"

힐데트라가 묻자 그는 곁에 둔 맥주잔을 들이키더니 숨을 내쉬었다.

"푸하! 너희를 기다리고 있었잖아. 이 알투아르 왕을 기다리게 하다니 무례한 것들. 별로 짐을 좋아하도록 해라!"

완전히 휴가를 만끽하고 있네, 이 왕.

"네, 네. 죄송해요, 국왕 폐하. 그럼 구워 주세요."

성의 없는 태도의 딸에게 아버지는 "그래! 고기만 먹지 말고 채소도 먹어라!"라며 되받아쳤다.

그리고 굽기 시작한다.

바비큐가 시작되었다.

굽는다.

먹는다.

굽고, 먹는다.

푸른 하늘 아래 호수 근처에서 맛있는 고기와 채소를 먹는다.

이 정도로도 충분하다는 생각이 들었다.

격식을 갖춘 레스토랑도 싫진 않지만, 가끔은 이 정도의 거친 식사도 좋다. 물론 고기나 채소 손질은 제대로 되어 있으니 그저 단순하게 굽기만 하는 것은 아니겠지만.

그건 그렇고 의외라고 해야 하나.

아니면 바비큐만큼은 고집이 있는 성격인 건가.

왕은 굽는 쪽에 서서 계속 굽기만 했고, 가끔 집어 들어 술과 함께 맛있게 먹었다.

그리고 처음에는 우리 셋뿐이었는데 점차 하인들도 참여하기 시작했다. 물론 먹는 쪽으로.

왕이 술을 마시면서 굽는 고기와 채소를 하인들도 술을 마시며 즐겼다. 어느새 레리아렛의 시녀도 접시를 들고 있었다.

뭐, 나쁘지 않은 광경이다.

"──시끄러워, 됐으니까 먹어! 마셔! 내가 구울 거야!"

몇 번인가 하인들이 왕을 거들러 왔지만, 그는 완고하게 버티고 서서 철판 앞을 내주지 않았다. 술을 마시면서. ······나도 술 마시고 싶다. 내 눈앞에서 저렇게 마구 마셔대다니.

이 섬에 있을 때의 왕은 정말 국왕이라는 직책을 맡지 않는 사람 같았다.

"앙? 네 녀석, 짐보다 더 고기를 잘 구울 셈이냐?"

그 하인은 주방장이다, 잘 굽겠지. 짐이라고 하지 마. 옥좌를 써서 압박하지 마라. 술을 그만 마셔. 너무 나사가 빠졌잖아.

······나 참. 보고 있기 힘들 정도로군.

이제 꽤 먹어서 그런지 어느새 레리아렛은 나무 그늘에 앉아 낮잠을 자고 있었고, 힐데트라는 하인들과 낚시를 하고 있었다.

나도 뭐라도 좀 할까?

······소화도 시킬 겸 수영이라도 할까? 수영복도 입고 왔으니까.

"저기, 혹시 작살 있어? 물고기를 잡으려고."

근처에 있던 별장의 하인을 붙잡고 물어보았다.

낚을 수 있다는 것은 호수에는 물고기가 있다는 뜻이다. 실제로 잡히는 모양이었고, 그것을 구워 먹기도 한다고 한다.

그렇다면 잠시 들어가서 찾아보고 싶다.

"아뇨, 아무리 그래도······ 아이에게 칼을 드릴 수는······."

그러나 하인은 머뭇거렸다.

······뭐, 열 살도 안 됐으니까, 나는. 상식 있는 어른이라면 안 주는 게 당연한가.

"그럼 됐어. 수영하고 올게."

작살이라도 있으면 여러모로 얼버무릴 수 있겠지만, 안 빌려줘도 딱히 상관없다.

맨손으로 잡으면 되니까.

그러는 편이 더 손상되지 않게 잡을 수 있다. 도구 같은 건 필요 없다.

"아, 멀리 가진 마세요. 깊은 곳도 안 돼요."

네, 네. 조심할게요.

잠시 준비운동을 하고 호수로 들어가 보았다.

처음에는 수영을 할 수 있을지 조금 불안했는데, 무의식 속에 기억이 남아있는 모양이었다. 아니, 수영 방법이라기보단 몸을 쓰는 법이라고 해야 하나. 아무튼 문제는 없었다.

음, 깨끗한 호수네.

햇볕에 그은 피부에 차가운 물이 닿아 기분 좋았다. 물이 맑은 덕분에 시야가 좋았고 물고기처럼 보이는 그림자도 보였다.

이왕이면 큰 녀석을 잡고 싶은데, 어디 한번 볼까.

사냥감을 찾아다니며 물밑을 따라 한가로이 유영했다.

소화에는 딱 적당했다. 물의 압력도 나쁘지 않다.

……좀 빨리 헤엄쳐 볼까?

호수는 의외로 넓어서 깊은 곳도 있는 모양이었다. 상식 있는 하인들이 나의 동향을 살피고 있었기에 너무 멀리는 가지 않는다──겉으로는.

뭐, 잠수하는 동안 끝까지 갈 수도 있고, 깊은 곳의 물밑을 조사할 수도 있다.

요점은 잠시 나왔을 때, 그러니까 하인에게 무사한 모습을 보여줄 때만 얕은 곳으로 돌아가면 되는 것이다. 그렇게 멀리 가지도, 깊은 곳에 가지도 않았다는 얼굴로 말이지.

모처럼 리노키스가 없다. 조금만 편하게 움직여도 될 것이다.

좋아, 결정된 이상——.

나는 한 번 숨을 쉬기 위해 수면으로 떠올랐고, 이쪽을 보고 있는 하인들에게 손을 흔들어 존재를 주장한 뒤 다시 물속으로 잠수했다.

깊이 잠수하여 '타기(打氣)'로 보이지 않는 발판을 만들어 그것을 박차고 나아갔다.

경치가 날았다.

시야가 돌았다.

'기'에 의한 조작으로 평범하게 수영하는 것보다 더 빨리 나아갔다.

장난삼아 물고기를 쫓아가 보았다.

손발의 '타기'를 이용해 자유자재로 유영하면서 도망치는 물고기와 나란히 헤엄쳤다. 마음만 먹으면 물고기보다 더 빨리 움직일 수 있었다.

손쉽게 잡았고, 잡을 수 있다는 것을 확인하고는 풀어주었다.

이 아이의 몸으로도 나름대로 움직일 수 있을 것 같았다.

이거라면 하늘도 날 수 있을——오?

정신을 차리고 보니 나름대로 깊은 곳에 와 있었다.

물의 색이 짙다. 앞이 잘 보이지 않는 남색이 퍼진 주위와 진흙이 침전된 물밑. 진흙 속에 느껴지는 기척에 가만히 응시하고 있자, 거기서 커다란 그림자가 튀어나왔다.

거대한 물고기다.

나보다 큰 물고기…… 아니, 이 형상은 악어인가? 악어 같다. 아니, 역시 물고기인가?

그런 생각을 하는 사이 악어같이 생긴 거대 물고기가 입을 크게 벌리고 나를 바짝 뒤쫓았다.

매복하고 사냥하는 물고기인가?

역시 야생생물의 기척 차단은 훌륭하네. 거의 느끼지 못했다.

뭐, 문제는 없지만.

물을 손가락으로 튕겼다.

쿵!

물속에서도 울리는 충격음이 크게 벌어진 거대 물고기의 입으로 작렬했다.

날카로운 이빨이 몇 개 부러지자 몸을 비튼 물고기가 허둥지둥 황급히 도망갔다. 뜻밖의 반격에 당황한 모습이었다.

흠, 크기는 나무랄 데가 없었지만 저건 먹을 수 있는 건가? 나를 노린 걸 보면 잡식인가? 잡식인데다가 진흙 속에 숨어 있는 물고기라면 당장은 먹을 수 없다. 적어도 진흙은 토해내게 해야 한다.

……먹을 수 있을지 어떨지 모르는 물고기를 잡는 것보다는 무

175

난하게 구워 먹으면 맛있는 물고기를 잡는 편이 좋겠지. 나도 생선구이는 먹고 싶다. 심플하게 소금만 뿌려서 먹는 생선구이 말이다. 병상에 있을 때는 부드러운 짠맛이 질릴 정도였지만, 지금은 그 맛도 나름 좋아했다.

여기선 놔줄까──그렇게 생각한 때였다.

"......?"

사라졌다?

거대 물고기는 이미 깊은 남빛 속으로 도망쳐서 보이지 않았지만…… 문제는 모습이 보이지 않는다는 점이 아니다.

기척이다.

거대 물고기의 기척이 홀연히 사라진 것이다.

다른 물고기에게 잡아먹혔나? 아니면 기척을 지우고 다시 진흙 속에 숨었나?

아니, 아니다. 그런 움직임은 느끼지 못했다.

재미있겠는데. 한번 알아볼까?

한 차례 휴식과 생존 보고를 위해 수면으로 올라갔다가 다시 같은 장소로 돌아왔다.

다시 한번 거대 물고기가 사라진 곳을 알아보았다.

아마 이 암벽일 것이다.

깊은 물밑에는 큰 바위가 쌓여 벽처럼 된 곳이 있었다. 거대 물고기의 기척이 사라진 것은 이 근처였다.

으음.

외관상 어색한 부분은 없었다. 바위틈에 물고기나 게 등이 사는 것 같긴 하지만 그 거대 물고기가 몸을 숨길 정도의 커다란 틈은 없어 보였다. 물론 그것을 잡아먹을 정도로 큰 생물도 없다.

……모르겠다.

기척이 사라졌다면 먹혔다거나 숨었다거나 분명 둘 중 하나일 텐데.

잡아먹혔다면 그것보다 더 큰 생물이 있었다는 건가? 아니면 식욕이 왕성한 작은 물고기 무리였나? 어느 쪽이든 확 와 닿는 것은 없었다.

그렇다면 숨었을 가능성이 높다. 하지만 진흙에 들어간 기색은 느끼지 못했으니까…….

이치로만 보면 역시 이 암벽 어딘가일까.

게다가 기척이 사라졌다는 것은 다른 장소로 갔다……는 건가? 대체 어떻게?

그럼 좀 더 자세히 알아볼까.

암벽의 돌을 만져보았다. 딱히 별다른 것은 없다.

다음 돌을 만졌다. 아무것도 없다.

그것을 반복하며 이 일대를 조사해 나갔다.

거대 물고기의 기척이 사라진 부근은 어딘지 알고 있었기에 신경 쓰이는 장소를 조사하는데 그렇게 많은 수고가 들진 않았——아.

빠져나갔다.

돌을 만졌다고 생각했는데, 손가락 끝이 아무런 저항도 없이

쑥 빠졌다.

감촉은 없는데 돌 속에 팔이 묻혀 있다.

흠, 환영이구나.

이 돌, 암벽처럼 보이지만 실체는 없는 모양이었다. 아까의 거대 물고기는 여기로 도망친 것이 틀림없었다.

그런데 이건 뭘까. 누군가의 은폐 마법인가, 아니면⋯⋯.

갑자기 재미있어졌네.

약간의 모험을 즐길 수 있을 것 같았다. 이 앞에 마수가 있다면 더욱 즐겁겠지.

좋아, 들어가기 전에 휴식과 생존 보고를 해두자.

상당히 귀찮고 호흡도 아직 여유로웠지만, 가끔 수면으로 얼굴을 내밀지 않으면 걱정을 끼칠 테니까. 행방불명이 되었다는 의심을 받으면 큰 소동이 벌어질 것이다.

그것만 끝나면 바로 들어가 보자.

그렇게 생각하고 있었는데.

"——아가씨~! 아가씨이이이이이이이!"

아까와 거의 같은 장소에서 얼굴을 내밀었더니, 내 이름을 부르는 소리가 들렸다.

리노키스에게.

나를 발견하고 크게 손을 흔들고 있다. ⋯⋯저 녀석 벌써 복귀했나. 나의 자유 시간은 여기서 끝인가⋯⋯.

이럴 거면 좀 더 세게 재워둘 걸 그랬다.

"거긴 너무 멀어요~! 더 이쪽에서 놀아주세요~!"

맞는 말을 하고 있는 것은 이해한다. 하지만 이 타이밍에 그 대사는 너무 잔인하다. 적어도 암벽의 수수께끼를 깨닫기 전이라면 그래도 상관없었을 텐데.

이제 포기할 수밖에 없는 건가…….

아니!

저런 재미있어 보이는 걸 발견했는데 물러날 순 없지! 적어도 저 환영의 끝 정도는 확인해야 직성이 풀릴 것 같다!

그렇다면, 길은 하나다!

"리노키스!"

나는 큰 소리로 그녀를 부르며 손짓했다.

암투기장 때 후회했으니까. 이제 멋대로 위험한 곳에는 가지 않는다. 리노키스가 감시하고 있지 않을 때라면 몰라도 감시하고 있을 때는 가지 않는다.

그렇다면 리노키스를 데리고 가면 그만이다.

"지금 가요!"

기쁘게 시녀복을 벗어던지고 수영복 차림을 한 리노키스는 깔끔한 자세로 호수에 뛰어들었다.

"기회가 되면 같이 수영해요!"라면서 함께 구매해 가져온 수영복이다. 그녀도 기대하고 수영 준비를 해 온 모양이었다.

일직선으로 헤엄쳐 온 리노키스는 내 어깨를 붙잡고 멈췄다.

"혹시 수영 못해?"

여느 때와 같은 불필요한 접촉이었다면 뿌리쳤겠지만, 이번에는 사정이 다르다.

그녀의 표정에 여유가 없었기 때문이다.

"부, 부끄럽지만, 입영이라는 걸 못 해서……."

즉, 일직선으로만 수영할 수 있다는 뜻이다.

"그건 그렇고 아가씨의 이 안정감은 뭐죠? 마치 발판 위에 서 있는 것처럼 전혀 움직이지 않고 계시는데……."

이곳은 깊은 곳이다. 아이인 나는 당연하고 리노키스 역시 물 밑에서 발이 닿지 않는 깊이다.

"'외기'로 발판을 만들었어. 평범하게 서 있는 거라고 생각해도 돼."

"어, 그게 뭐죠. 편리해……."

응용하면 하늘을 달릴 수도 있다. 그런 기술이다. 격투가 된 자로서 공중전도 못 해서야 말이 안 되니까.

뭐, 지금 리노키스가 아무리 발버둥 쳐도 쓸 수 없을 정도로 고도의 기술이지만. 갈 길이 멀구나. 힘내라, 제자야.

"그것보다 리노키스, 재밌는 걸 찾았어. 같이 보러 가자."

"네? 뭔가요?"

"그건 직접 보고 확인해 봐."

그 환영의 끝은 나도 모르니까. 설명할 방법이 없다.

"숨을 들이마셔. 멈춰. 그대로 있어. 알았지? 그럼 간다."

리노키스의 손을 잡고——나는 물을 박차고 물속으로 잠수했다.

너무 빠른 탓인지 잡고 있는 손에서 리노키스의 당혹감이 전해졌다.

하지만 문제의 암벽까지 왔을 때쯤엔 익숙해진 것 같았다.

나는 아무렇지도 않았지만, 리노키스를 위해 한 번 수면까지 올라갔다가 다시 문제의 장소 앞으로 왔다.

환영의 끝은 알 수 없다.

역시 동굴일까. 어느 정도 크기고 어느 정도 깊이인지, 숨 쉴 곳은 있는 것인지 없는 것인지.

돌아가는 것도 고려해서 신중하게 나아가야 했다.

뭐, 여차하면 모든 것을 파괴해서라도 지상으로 나갈 것이다.

리노키스의 손을 잡고 환영을 빠져나갔다.

순간 여러 기척을 감지했다.

전혀 다른 곳에 왔다는 느낌이었다. 그 환영은 공간을 가르는 문이었던 모양이다.

그곳은 동굴이었다. 어른이라면 똑바로 설 수 없을 정도로 좁은 바위 구멍이다.

신중하게 헤엄쳐 나갔다.

도중에 아까 잃어버린 거대 물고기를 발견했다. 벽에 바싹 붙어 있었다. 리노키스가 깜짝 놀랄 정도로 컸다. 꼬리까지 포함하면 그녀보다 크니까.

녀석은 나름대로 숨어있다고 생각하는 걸까? 전혀 의태가 안 되어 있는데…… 이렇게 보니 메기 같다.

아까의 일 때문에 질린 것인지 이쪽에는 아무런 반응도 보이지 않는다.

사냥할 생각은 없었기에 그냥 지나쳤다.

물고기보다 지금은 다른 기척이 중요하다.

느낌상으로는 저 거대 물고기보다 더 큰 생물이 이 앞에 있는 것 같았다.

앞으로 나아가자 남색의 끝이 조금 밝아졌다.

뭔가 있었다.

하지만 여기서 리노키스가 강하게 손을 잡아당겨서 다시 숨을 쉬러 돌아가기로 했다.

수면 위로 나오자 리노키스가 저기는 뭐냐, 또 갈 거냐, 인제 그만두지 않겠냐며 불평을 쏟아냈지만, 개의치 않고 다시 잠수했다.

'그럼 혼자 남아있을래?'라고 물어보니 '가겠다'고 하니까 어쩔 수 없다.

다시 동굴을 나아갔다.

한 번 왔던 만큼 아까보다 진행은 빨랐다. 눈 깜짝할 사이에 방금 왔던 그 앞으로 나아갔다.

그러자——.

"역시나."

동굴의 막다른 곳은 가파른 언덕이었고, 그 끝에는 공간이 있었다.

여기서부터 앞은 제대로 된 통로였다.

깨끗한 석조벽, 바닥, 천장. 방금 지나온 호수 동굴과는 달리 아무리 봐도 사람의 손길이 닿은 흔적이 보였다.

벽 자체가 은은하게 빛을 발하는 것인지 램프나 횃불 없이도 잘 보인다.

이게 밝았던 이유인 건가.

"이건…… 던전 아닌가요?"

뜻밖의 장소로 나와 멍한 얼굴을 한 리노키스가 중얼거렸다.

"그렇겠지."

던전에 대해서는 아직 자세한 것은 알려지지 않았다.

만약 이곳이 던전이라면 이는 자연 발생한 것이다. 누가 봐도 사람이 만든 것 같은 통로처럼 보이지만 그렇지 않았다.

던전에는 여러 형태가 있는데, 모든 것에 공통되는 점은 사람이 만들지 않았다는 점이다. 아무리 사람의 손길이 닿은 것 같아도 어디까지나 자연의 산물이다.

대지가 가진 마력의 통로가 던전이 된다는 설도 있는데, 그것이 가장 유력한 설이라고 했다. 마력이 있는 곳에는 마수가 생겨나는 법이니 타당하다고 하면 타당했다.

뭐, 머리 아픈 이야기는 됐다.

"이 섬에는 던전이 있다고 했었지?"

"맞아요. 입구의 대략적인 위치는 듣긴 했는데, 그 어디에서도 물속에 있다는 말은 전혀 못 들었어요."

"그렇다는 건 던전이 두 개라는 거야?"

"아니면 입구가 두 개일 수도 있고요."

어떨까. 가보면 알 수 있지 않을까.

"아, 아가씨, 안 돼요."

"잠깐만. 잠깐 보기만 하는 거야."

"아니요, 정말 안 돼요. 만약 이곳이 지상에 있는 던전과 이어져 있다면, 섣불리 건드렸을 때 생태계가 혼란에 빠질 수도 있어요."

칫…… 제대로 된 이유를 들다니.

던전에는 마수가 솟아난다.

자원이 생겨나는 것이다.

발견된 던전은 대체로 관리를 받게 된다.

매핑이나 사람의 출입은 말할 것도 없고, 사냥한 마수의 기록을 잡거나 마수가 솟는 빈도 통계를 남기기도 한다고 한다. 그리고 마수끼리의 공존·적대관계도 관찰하고 있다고.

그렇게까지 해야만 마수를 자원으로 파악할 수 있다고 한다. 수업에서는 그렇게 배웠다.

그러니까 관리되고 있는 출입구 이외의 장소로 들어간 내가 끝없는 갈증을 피로 채우기 위해 함부로 던전을 헤집어버린다면, 관리하고 쌓아온 데이터가 쓸모없어질 수도 있는 것이었다.

이곳은 왕족 소유의 부유섬이다.

섣불리 건드렸다가 그 사실을 들켜서 책임을 추궁당하면 상당히 난처하다. 당연했다. 왕족이 이용하는 섬인데 관리와 감시를 벗어난 곳에서 마수가 죽은 것이다.

외적의 침입이나 새로운 마수의 출현을 충분히 의심받을 만한 일이다. 그렇게 되면 철저하게 조사할 수도 있었다. 빈틈없이 구석구석.

그리고 내 존재가 분명 들킬 것이다. 들키면 반드시 부모에게 책임을 묻게 된다.

뭐, 이런 식으로 귀찮은 일로 발전하겠지.

……하지만 말이야.

"이대로 돌아가기는 싫어. 지금 완전 날뛰고 싶은 마음으로 가득한데."

"정말로 위험하다고요."

"알아. 그래도 가고 싶어!"

"정말…… 아이처럼 고집부리지 마세요."

어린애니까 상관없잖아, 라고 말하고 싶었지만. 리노키스에는 영령이라는 것도 들켜버렸으니.

"……알겠습니다. 조금만 가봐요."

"정말?!"

세상에. 반쯤 포기하고 있었는데 리노키스가 뜻을 꺾을 줄은 몰랐다.

"단, 마수를 죽이는 건 안 돼요."

당연히 알지. 귀찮아지니까.

"아가씨만큼 강하면 죽이지 않아도 어떻게든 할 수 있겠죠?"

그렇군. 나쁘지 않은 절충안이다.

"그거면 됐어. 그럼 빠르게 답파해 볼까!"

"네? 답파?!"

섬이 작으니까 던전도 소규모겠지.

그럼 서두르면 갈 수 있었다.

타임 트라이얼, 이라고 할 수 있을까.

빠르게 달려가는 던전 탐색은 비교적 즐거웠다.

"아가씨! 뒤쪽이 엄청난 상황이 됐어요!"

"알아!"

등 뒤에서 다가오는 무거운 발소리에 쫓기고 있다.

조우하고, 도망가고.

그것을 반복한 결과 스무 마리 정도의 마수에게 추적당하게 되었다.

때려죽이는 것도 즐겁지만 도망 다니는 것도 꽤 재미있네.

"리노키스! 코너에 있어!"

"알겠습니다!"

통로를 돌자 그곳에는 쓸데없이 늠름한 육체를 가진 소머리 괴물이 서 있었다.

매복이다.

녀석은 내가 시야에 들어오자마자 들고 있던 곤봉을 내려쳤다.

쿵, 세게 바닥을 내리친 충격으로 바닥이 흔들렸다.

그러나 종이 한 장 차이로 곤봉을 피한 나는 이미 괴물 옆을 빠져나왔다. 이어서 리노키스도.

"그어어어어!"

"가악! 가악!"

그리고 우리를 쫓아오던 마수들과 마주치며 서로 다투기 시작한다.

소란은 곧 멀어졌다.

그들이 걸음을 멈춘다고 해도 우리는 멈추지 않기 때문이다.

"이런."

디딘 곳의 발이 희미하게 가라앉았다.

아무래도 함정을 밟은 모양이었다.

"뛰어, 리노키스!"

"네⋯⋯? 으앗?!"

나는 개의치 않고 오히려 더 가속해서 빠져나갔다.

함정이 작동하기도 전에 통과했고, 리노키스는 갑자기 열린 바닥을 뛰어넘었다.

"아, 아가씨?! 너무 빠르신 거 아닌가요?!"

"이것도 좀 느린 거야!"

리노키스를 두고 가는 것은 위험했기에 무슨 일이 있어도 도와줄 수 있는 거리를 유지하며 그녀에게 맞춘 속도만 내고 있었다. 혼자라면 더 빨랐을 거다. 스승을 공경해라.

그런 식으로 미로로 되어 있는 던전을 뛰어다니다가, 이따금 멈춰 서서 벽에 손을 가져갔다.

"······저기, 그건 뭐 하는 거예요?"

"'기'를 펼쳐서 지형을 조사하는 거야. 간단히 말하면 매핑이지."

"그런 것도 가능하다니······ '기'는 너무 만능인 거 아닌가요?"

만능인 것은 '기'가 아니라 그것을 사용하는 사람이다.

"'기'는 인간이 가진 기초 능력을 높여주는 기술이야. 본래 인간에게는 방향을 알아차리는 감각이 있고 공간을 파악하는 힘도 있지. 그것들을 강화하면 이런 것도 할 수 있어. 인간이란 꽤 만능이야. 단지 기초적인 힘이 적을 뿐이지."

그러면서 나는 주변 지형을 파악했다.

"저쪽에 계단이 있는 것 같아. 가자."

"네, 네에······."

6계층까지 온 시점에서 계단에 머물며 잠시 휴식을 취했다.

시간은 얼마 안 걸린 것 같다.

마수와도 나름 조우하긴 했지만, 약속대로 죽이지는 않았다. 전부 피하거나 도망쳐왔다.

"소규모 던전은 대체로 5계층에서 10계층 정도지?"

"일반적으로는요. 하지만 던전은 예외가 많으니까요."

그렇구나.

돌아가는 시간을 생각하면 답파는 포기하는 게 좋겠다.

슬슬 올라가야 했다. 너무 오래 걸리면 별장의 하인들이 걱정

한다. 그 결과 양친에게 연락할지도 모를 일이다. 그렇게 되면 앞으로 움직이기 더 힘들어진다.

군이 말하자면 왕족 소유의 부유섬에서 아이가 실종될 뻔한 사건이 되는 것이다. 심지어 그때 왕도 있었다는 상황이다.

나중에 어떤 영향이 생길지 알 수 없었으니 빨리 올라가는 것은 확정이었다. 쓸데없는 사건 따위는 일으켜서는 안 된다.

……혼자라면 더 빨리 움직일 수 있었을 텐데. 리노키스는 좀 더 단련할 필요가 있었다.

뭐, 됐어.

"앞으로 한 층만 더 내려가 본 다음 돌아가자."

"알겠습니다. 그건 그렇고 굉장한 속도로 던전을 주파하고 있네요. 보통은 좀 더 천천히, 신중하게 나아가는데 말이에요."

"그래?"

"저는 중등학부 모험과를 졸업했으니까요. 던전에 대해서도 배웠어요. 던전에는 어떤 위험이 있을지 모르니까 차근차근 신중하게 나아가는 것이 철칙이에요. 위험과 조우하는 것이 아니라 위험을 감지한 다음 대처해 나가는 거고요."

"흐음."

"함정이라든가 마수라든가, 위험이 가득하니까요. 보통이라면."

보통이라면 말이지.

"나랑은 관계없어."

"그렇겠죠. 그래도 위험한 일에는 가까이 가지 않으셨으면 좋겠는데요."

마음이 내키면 노력해 보도록 하지.

그건 그렇고.

"휴식은 이제 충분해?"

"문제없어요. 그건 그렇고 던전을 답파해서 어쩌시려는 건가요? 뭐 찾으시는 거라도 있나요? 아니면 돈이 될 만한 것을 찾고 계신 건가요?"

뭐, 찾는 게 있다는 건 정답이지만.

"던전은 심부로 갈수록 강한 마수가 나오잖아?"

"그렇군요. 아가씨라면 정해진 순리겠네요."

순리인지 뭔지는 모르겠지만. 뭐, 무인의 소망이란 대체로 이런 법이다.

"슬슬 갈까요?"

마무리로는 이 근방에서 가장 강한 마수를 흠씬 괴롭혀준 다음 돌아가도록 하자.

"호오."

재빨리 계단을 찾아 내려가자 강한 기척이 느껴졌다.

지금까지 만난 마수들과는 결이 다른 강자의 기색이다.

"……뭔가 불길한 느낌이 나는 것 같지 않나요?"

리노키스도 뭔가 느낀 모양이었다.

"발을 더럽히면서까지 온 보람이 있었네."

수영장에서 들어온 탓에 나도 리노키스도 수영복 차림이다. 그리고 맨발이다.

"……정말 위험하다고 생각되면 도망가셔야 해요?"

"그럼."

이쯤 오니 역시 리노키스도 말리지는 않았다. 그녀는 모험과 출신이고, 이러니저러니 해도 이런 모험을 좋아하는 것이리라.

좋아, 그럼 가볼까!

뭔가 좀 두근거리기 시작했다.

약간 꺼림칙한 느낌도 드는 것을 보면 언데드 계열인가? 아니면 악마 계열? 사룡? 설마 사신?! 아니지, 신은 아직 이르지! 신은 온 힘을 낸다 해도 이길 수 없다고! 나는 그래도 괜찮지만!

격투가는 사투를 벌이면서 성장하는 법이다. 싸울수록 강해진다는 말도 거짓말은 아니다. 실전 경험이란 수행으로는 기를 수 없는 요소인 것이다.

무인의 소양은 사투 속에서 단련된다.

전생부터 세어 봐도 나는 오랫동안 그런 경험이 없었다, 고 생각한다. 너무 강해진 나머지 상대가 없었다, 고 생각한다.

그러니까 날아갈 듯 기대되는 마음도 어쩔 수 없다.

──근데, 음.

"뭐, 뭐야 이 녀석은…… 아가씨, 이 녀석은 위험해요……!"

리노키스는 창백한 얼굴로 두려워하며 몸을 떨었지만.

"……하아."

나는 실망하고 있었다.

사치스러운 것을 바란 것은 아니다. 하급의 신이라도, 아니면 반신이라도 좋았을 텐데.

……아니, 그것도 지나친 바람인가.

통로를 빈틈없이 막고 있는 화려한 반투명의 붉은색.

"슬라임의 일종이네. 보다시피 꽤 많은 목숨을 잡아먹은 것 같아."

그래, 이것은 슬라임이었다.

단순한 슬라임이라고 치부하기 어려운 원한이 느껴지긴 했지만, 마수로서는 메이저급이다.

이렇게나 큰 것을 보면 많은 마수를 잡아먹었겠지. 실제로 반투명한 붉은색 속에 무수한 뼈가 묻혀 있다. 거대한 두개골도 보인다.

생물을 끌어들여 녹인 다음 자신의 일부로 삼아 점점 커진 것이다.

"아가씨, 돌아가요. 저희는 아무것도 갖고 있지 않아요."

슬라임의 약점은 불이다.

하지만 우리는 맨몸. 심지어 수영복 차림이다.

"그러게."

적어도 강하게 때릴 수 있을 정도로 단단한 상대였다면 그나마 나았을 텐데. 슬라임 따위는 때려도 즐겁지 않다.

아아, 여기까지 왔는데 정말 실망이다. 이럴 줄 알았으면 중간에 만났던 소머리 괴물이라도 때려둘걸. 아, 가는 길에 때릴까?

"──아."

응?

"아, 아가씨…… 위에……."

위? ……아.

반투명해서 눈치채지 못했는데, 어느새 슬라임은 위로 몸을 뻗어와 우리 등 뒤로도 퍼져 있었다.

이미 퇴로가 끊어진 상태였다.

이 상황은 이미 삼켜지기 직전이라는 느낌일까.

앞쪽과 뒤쪽의 슬라임이 조금씩 다가왔다.

뭐, 그뿐인 이야기다.

"리노키스, 돌아갈까?"

"네, 네! 제가 돌파구를 만들 테니 아가씨는 그 뒤에 탈출을."

"응? 무슨 얘기야?"

"그러니까 여기서 도망치기 위한……."

"응, 근데 왜 내 앞에 서?"

"제가 돌파구를 만들게요! 이런 상황에서 멍하니 있지 마세요!"

어? ……아, 그렇구나.

"혹시 본인의 몸을 희생해서 돌파할 생각은 아니지?"

이 슬라임이라면 인체 정도는 손쉽게 녹일 수 있을 것이다. 리노키스는 나를 위해 먼저 파고들어 길을 터주겠다는 뜻이었다.

왜 그렇게 되는 걸까.

"알려줬잖아? '외기'에 대해."

"외, 기…… 앗, 그렇구나!"

그래, '외기'다.

체내에서 밖으로 방출하는 '기'다.

즉, 직접적으로 무언가를 만질 필요가 없다. 건드리지 않아도 맞출 수 있는 셈이다.

"'기'는 무궁무진해. 인체가 품은 모든 기초 능력을 극적으로 늘려주지. 발상에 따라서는 생각지도 못한 일도 할 수 있다고 생각해."

적당히 손을 움직여 도망갈 길을 막는 슬라임을 만지기──직전.

펑, 하는 마른 소리를 내며 슬라임이 터졌다.

물 덩어리 같은 녀석이라 대미지는 없겠지만 통과만 할 수 있다면 이것만으로 충분하다.

"밟지 않게 조심해."

맨발이니까. 일부라도 밟으면 화상을 입는다.

……음?

"리노키스, 이게 뭔 것 같아?"

흩날린 슬라임의 신체이자 산성 젤이 천천히 바닥을 기어갔다. 이런 종류의 마수는 단순히 때리거나 차는 것으로는 아무런 해결이 되지 않는다.

뭐, 격투가 된 자로서 그런 상대방을 향한 대책을 세우지 않는 자는 없겠지만. 이럴 때는 찰화권(擦火拳)이라는 것이…… 뭐, 그건 상관없나.

"어? 이건…… 알?"

그렇지.

"무슨 알처럼 보이지?"

젤 모양의 반액체 속에 검은색 알갱이들이 있었다. 크기는 손가락 끝마디 정도일까. 그게 두세 개씩 묶여 있다.

슬라임 본체만큼 진한 붉은색으로 보였다면 주의 깊게 관찰하지 않는 이상 색깔에 묻혀 놓쳤을 것이다. 실제로 이렇게 작아진 덕에 눈에 띄었다. 그러지 않았다면 눈치채지 못했겠지.

그리고 어떻게 눈치챘냐면, 무심코 보던 검은 알갱이들이 움직였기 때문이었다.

산성 젤 안에서.

"슬라임 안에서 살 수 있는 생물이 있어?"

이러고 있는 동안에도 슬금슬금 다가오고 있는 슬라임 본체를 자세히 살펴보니 똑같은 알 같은 것이 많이 들어 있는 것이 보였다.

상당히 많다. 세는 것도 귀찮을 정도로.

"아가씨, 이건 분명 팔옹(八翁)개구리의 알일 거예요."

"팔옹개구리?"

"네, 팔옹개구리 아종인 것 같아요. 알을 낳는 방법과 모양이 똑같거든요."

호오, 역시 모험과 출신. 잘 아네.

"소형 마수로 맹독을 가지고 있는데…… 제가 알기론 독이 있는 물가에 산란해서 그 독을 품고 태어나요. 슬라임 용해액을 견딜 수 있다는 얘기는 들어본 적이 없지만요. 하지만 팔옹개구리는 순응력이 무척 높기 때문에 불가능하다고는 단언할 수 없네요."

그렇군. 독이 많은 마수라는 건가.

"이건 처리해두는 게 낫지 않을까?"

산성 젤 안에서도 멀쩡하다는 것은 산(酸)에 내성이 있다는 뜻이다. 혹은 비슷한 정도의 산에 특성을 가진 생물이라는 뜻이거나.

어떤 마수가 태어날지는 몰라도 이 정도 수의 독이 단번에 부화하면…… 그거야말로 던전 생태계와 관련되는 것이 아닐까.

"그렇죠…… 팔옹개구리는 독무를 발생시켜서 자신들이 살기 좋은 환경을 만드니까요. 던전 같은 거대한 밀실에서 독무 같은 게 나온다면."

"오염되겠지."

공기의 흐름이 없는 곳이다. 여기서 독 같은 것이 살포된다면 그대로 남아있겠지.

머지않아 던전 안이 가득 차서 밖으로 새어 나갈 것이다. 혹은 우리가 들어온 곳에서부터 호수가 오염되거나.

그 예쁜 호수가 독으로…… 그건 싫은데.

"……알이 움직이고 있다는 건 곧 부화한다는 사인입니다. 원래대로라면 던전의 관리자에게 전한 다음 맡기는 게 맞겠지만……."

조금도 지체할 수 없는 상황이다.

"처리해도 되는 거지?"

결정적인 확인을 하자, 리노키스는 쥐어짜듯이 "……어쩔 수 없죠"라고 중얼거린다.

"근본적인 해결이 될지는 모르겠지만 처리할 수 있다면 해둘까요?"

좋아, 됐어! 살해 허가를 받았어!

근본적인 해결이란 이 알을 낳은 부모가 있지 않겠냐는 말이다. 거기까지는 건드릴 수는 없겠지만, 일단 눈앞의 알만은 처리하기로 했다.

"아, 슬라임은 남겨주세요. 이건 분명 위층과의 경계를 막고 있는 존재일 거예요. 사라지면 마수들의 행동 범위가 바뀌어 버려요."

그 정도의 일은 수고도 필요 없다.

"참고로 물을게."

"네?"

"어떤 식으로 처리해줬으면 좋겠어? 가능한 리노키스가 원하는 대로 없애줄게."

"……기뻐 보이네요, 아가씨……."

당연히 기쁘고말고. 내가 힘을 쓸 기회는 흔치 않으니까.

일단 거리를 벌려서 흩어진 슬라임이 동화되는 것을 기다렸다.

"그래, 발차기 기술 말이지."

그 사이 리노키스의 요청을 들어보니 그녀는 "발차기 기술을 보고 싶다"고 말해왔다.

발차기라.

그랬다. 리노키스는 주먹보다 발차기에 더 능했다. 본인 기준으로는 발차기가 더 감을 잡기 쉬울지도 모른다.

이런 감각은 중요하다. 재능과 직결되는 경우가 많으니까.

"발차기는 위력 조절이 어려워. 굉장히 단순하게 말하면 손은 사용하기 쉽고 가볍고, 발은 사용하기 어렵고 무겁다, 라는 느낌이야. 실제로도 손이나 팔이 다리보다 더 재빠르게 움직일 수 있잖아?"

"그렇죠."

평소 도구류를 다루는 손과 평소 자신의 몸을 지탱하고 있는 발.

근육량부터 근육 사용법, 근육의 질까지 다른 것이다. 똑같이 다루기란 매우 어렵다.

"그래서 지금의 리노키스에게 알려줄 수 있는 발기술은 없어. 사용하기 어렵다는 건 그만큼 습득 난이도도 높다는 거니까. 아직 일러."

애초에 '뇌음'도 아직 이르다.

게다가 더욱 어려운 발차기 기술 같은 걸 알려준다 해도 습득은 불가능할 것이다. 단계를 밟지 않는 수행은 시간 낭비일 뿐이다.

다만 내 수준이 되면 응용도 가능하다.

"그러니까 발을 사용한 '뇌음'을 알려줄게."

"발을 사용한 뇌음…… 네?! 발차기로 뇌음이 가능한 건가요?!"

리노키스가 화들짝 놀란다.

그래, 놀라라. 스승을 공경해라.

"그치만 그건 발을 내딛는 게 중요한 기술이죠?!"

그렇지. 내딛는 것이야말로 핵심이다.

"발로 차면서 어떻게 발을 내딛어요?!"

그렇지. 거기에 의문을 가져야 한다.

"'뇌음'을 완전히 이해하고 극에 이르는 것. 이해를 해야 응용을 할 수 있어."

요점은 발을 내딛는 동작을 다른 동작으로 보충하면 되는 것이다.

이런 것을 순간적으로, 감각적으로, 한 번도 해보지 못한 기술을 실전에서 쓸 수 있을 정도가 되면 그 기술의 극에 가까워졌다고 할 수 있다.

'기권 · 뇌음'은 '기'를 사용한 가장 기본적인 약한 기술.

그런 만큼 나 역시 몇만, 몇십만, 어쩌면 그 이상의 단위로 사용하면서 갈고 닦은 기술.

어쩌면 내 안에서 가장 극에 달한 기술이라고도 할 수 있었다.

뭐, 기술에 완성이란 없다. 그렇기 때문에 계속 진화하는 것이겠지.

"이유는 알려주지 않을 거야. 이런 것도 할 수 있다는 걸 기억해 두면 돼."

천천히 한 발을 내디딘 다음 오른발을 들었다.

찬다.

쿵, 하는 음속을 넘는 충격음과 함께 순식간에 슬라임이 사라졌다.

터지면서 흩어진 것이다.

개구리알을 짓뭉개기 위해 기합을 좀 넣어서 찼다. 슬라임은 돌아오겠지만, 안에 있던 것들은 충격으로 산산조각이 났을 것이다.

그리고 마석만은 흠집 없이 남겨두는, 고등기술이다.

"어, 어떻게……?! 어떻게 그런 게 가능하죠?!"

강하게 밟는다.

그 힘을 주먹에 전한다.

리노키스가 이해하고 있는 '뇌음'의 원리는 그것이었고, 지금의 발차기는 근본적으로 다르다. ……라고 생각했겠지. 그래서 놀라고 당황한 것이다.

아니다. 근본은 똑같아. 바뀐 것은 아무것도 없다.

단지 조금, 손보다 어려운 발을 사용한 만큼 조금 더 머리를 썼을 뿐. 그뿐이다.

그나저나 말이지.

"이제야 좀 스승을 공경할 마음이 생겼어?"

리노키스에게는 늘 존경심을 느끼지 못했는데.

솔직히 말하자면 완전히 무시당하고 있었는데.

이건 아무리 봐도 그거잖아. 존경할 만한 그런 거 아닌가?

스승은 제자의 존경을 받지 못하면 심기가 불편해지는 생물이다. 그 부분을 이해해 주길 바란다. 자, 어서. 내 마음의 안녕을 위해.

하지만 강제하는 것은 좋지 않다.

이것이 스승이 제자에게 느끼는 복잡하고 미묘한 마음이랄까…… 스승의 등을 보고 헤아려 주었으면 한다. 그리고 존경해 주길 바란다. 내가 말하면 강요하는 것 같아서 굉장히 보기 좋지 않다. 아름답지 못하다. 그리고 자신의 입으로 말할수록 존경과는 거리가 멀어진다. 아이러니하게도.

스승은 등으로 말하고 싶은 법이다.

등에 쓰여 있는 글자를 잘 읽고 헤아려 줬으면 하는 바람이다.

"그런 것보다 원리! 어떻게 했는지 알려주세요!"

……그런 것보다, 라는 말을 들었다.

등이나 존경 같은 건 아무래도 상관없다는 듯이.

아무래도 스승으로서 제자의 존경을 얻으려면 아직 갈 길이 먼 듯했다.

응, 뭐 됐어.

"돌아갈까?"

이 이상 말하면 더 한심해질 것 같으니까 이제 그만하자.

…….

정말로 왜 존경하지 않는 거지? 진짜로 신기하네. 전생에서는 제자는 물론이고 나를 아는 90%의 사람들이 나를 존경했던 것 같은데, 대체 왜지? 너무 강한 것의 폐해인가? 이것도 너무 강하기 때문인가? 다른 것은 다 제쳐둔다 해도 제자에게만큼은 공경을 받고 싶은데.

……아니, 더는 생각하지 말자.

이런 속 좁은 생각을 하고 있어도 어쩔 수 없고, 슬슬 돌아가지 않으면 걱정을 끼칠 것이다.

──그래도 돌아갈 때는 좀 거칠게 가볼까! 울분이 풀리게!

"아가씨! 잠깐! 손을 대는 건 좀!"

뒤를 달리는 리노키스의 목소리는 무시했다.

죽이지는 않았다.

약속대로다, 아무 문제 없잖아. 그 슬라임을 보고 실망한 만큼 이 정도 화풀이는 용서해 달라고. 존경도 못 받았는데.

됐으니까 스승의 등이나 봐줘──그렇게 생각하면서 길을 가로막는 소머리 괴물을 손바닥으로 날렸다. 찰싹, 하고 살이 살을 때리는 아픈 소리가 귓불을 자극했다.

그대로 날아가는 소머리. 비틀거리며 통로에 주저앉은 녀석은 얼얼한 뺨을 움켜쥐고 겁먹은 눈을 향해왔다. 순진하고도 무구한 피해자의 눈이었다. 피해자 행세하지 마, 덮치려고 했으면서.

하지만 그런 것도 무시하고 나는 달렸다.

길을 가로막는 늑대를 걷어차고, 덮칠지 도망갈지 고민하는 큰 토끼를 날려버리고, 도망치는 다리 긴 새를 추월하는 김에 때려눕히고.

도망치는 마수들을 뒤쫓는 형세로 온 길을 따라 달렸다.

물론 쫓고 있는 것은 아니다. 녀석들이 앞쪽에서 달리고 있을 뿐이다. 옆으로 간 녀석은 그냥 무시하고 있고.

생각보다 즐겁다.

올 때는 쫓겼지만, 이왕 오는 거 그때도 이런 식으로 마수들을 던지면서 나아갔다면…… 아니, 그랬다면 돌아올 때는 마수가 사라져 있었을까.

손맛은 전혀 없었지만, 울분은 조금 풀린 것 같았다.

황급히 던전을 나와 호수를 헤엄쳐 돌아왔다.

니아와 시녀가 어디론가 갔다면서 약간의 소동이 벌어지긴 했지만, 그나마 바비큐가 계속되는 사이에 돌아온 덕분에 일이 커지지는 않았다.

잔뜩 취해버린 왕은 이미 잠들어 있었다는 것도 행운이었다. 그가 소동을 일으켰다면 대참사가 일어났을지도 모른다.

결과적으로 힐데트라에게 잔소리만 좀 듣고 끝날 수 있었다.

──맙소사.

"엄청난 헛걸음을 했네."

힐데트라의 설교가 끝난 뒤, 한숨을 내쉬었다.

던전까지 갔는데도 얻은 것이 없었다.

암벽의 환영을 발견했을 때, 그 앞에 있던 던전을 발견했을 때.

그때가 가장 즐거웠다.

그 밖에는 슬라임이 아니라 좀 더 때리는 보람이 있는 마수였다면 좋았을 텐데, 하는 아쉬움만 남았다. 나한테는 메인 디시나 다름없었으니까.

뭐, 그래도 실전 감각은 맛볼 수 있었으니 나쁘지는 않았다. 제자에게는 얕보이고 있다는 것을 다시 한번 확인당해 마냥 즐거웠다고는 단언할 수 없지만.

"그래도 아가씨, 꽤 즐거워 보이시던데요?"

응, 뭐. 그렇지.

리노키스의 말에 나는 고개를 끄덕였다.

"나름대로 즐거웠어."

눈 깜짝할 사이에 빠져나왔지만, 전장에 나갈 수 있었으니까.

짧은 시간 동안 분주하게 오갔지만, 살의에 찬 장소에 갈 수 있었다.

나쁘지는 않았다.

"그 던전에 대해서는 비밀에 부쳐주세요. 제가 출입구를 찾았다는 이야기만 전해둘 테니까요."

리노키스의 속삭임에 고개를 끄덕였다.

요점은 '발견은 했지만, 안에는 들어가지 않은 것으로 해 달라'라고 말하고 싶은 것이다. 안에 들어가서 뭘 했냐, 뭘 봤냐, 뭘 가져갔냐는 식으로 추궁을 받아도 귀찮으니까.

결국 던전이 두 개 있었던 걸까, 아니면 입구가 두 개 있었던 걸까. 언젠가 알게 될 날이 올까.

뭐, 점심 식사 후 소화로는 딱 좋은 운동이었다.

그리고 약속대로 힐데트라와 레리아렛과 나 셋이서 물가에서 놀며 보냈다. 뭐, 나는 손녀를 지켜보는 기분이었지만. 물가 사고 가 적지 않으니까.

응, 응. 잘 보고 있을 테니까 마음껏 놀아라. 깊은 곳에는 가지 말고.

그렇지. 공놀이도 하고. 힘이 다할 때까지 놀아라.

응.

아아, 그렇지.

레리아렛은 나를 노리고 있구나? 몇 번이고 몇 번이고 나한테 던지네? 그래, 좋고말고. 그럼 놀아줘야지.

"잠깐! 잠깐만! 니아가 진심으로 던지면 안 되지!"

"괜찮대도. 살살 할 거야."

"말은 그렇게 하면서 안 그럴 거죠? 니아는 그런 사람이니까요."

아니, 정말 살살 할 건데.

힐데트라는…… 그보다 두 사람 다 나를 뭐라고 생각하는 걸까.

휴가를 하루 일찍 끝내고 힐데트라와 레리아렛, 심지어 왕까지 남겨두고 나와 리노키스는 먼저 왕도로 돌아왔다.

그건 그렇고, 휴가의 가장 큰 추억이 어제의 바비큐가 되어버 린 느낌이다.

그 왕이 술을 마시고 고기를 굽고 떠들고 있었던 것이 가장 인상에 남는다…… 녀석 때문에 뭐라 말할 수 없는 휴일이 되고 말았다. 수행이라든가 혹독한 수행도 했지만. 던전도 갔지만.

그래도 가장 인상에 남는 것은 왕이었다.

……아니, 이제 됐다.

언제까지나 휴가 기분으로 있을 수는 없으니 마음을 바꾸자.

이제 곧 2학기가 시작된다.

그 전에 준비를 해두고 싶어서 하루 일찍 돌아온 것이다.

리노키스와 대화한 결과, 내가 학교생활로 돌아온 이후부터 그녀는 모험가 활동을 시작하게 되었다.

애초에 리노키스는 알투아르 학교 중등학부 모험과를 졸업했기 때문에 기본적인 노하우는 습득하고 있었다.

모험가로 활동하는 것은 의외로 적임이었다.

"여길 쓰는 건 상관없지만, 나는 이미 손 씻었어. 분쟁은 사양이야."

가장 먼저 향한 곳은 안젤의 가게 '어슴푸레한 영서정'이다.

모험가로 활동하게 될 리노키스는 '니아 리스톤의 시녀'라는 사실이 알려지면 시녀 업무에 지장이 생길 것이라 판단했는지 변장을 하고 가명을 사용하겠다는 뜻을 밝혔다.

그리고 다른 사람으로 움직일 때의 거점 중 한 곳이, 바로 이 가게다.

무사히 안젤의 허가도 받았으니 사양하지 않고 사용할 예정이다.

암투기장 일로 리노키스와 이들을 서로 만나게 한 것은 오히려 잘된 일이었다고 할 수 있었다.

"그나저나 10억 크람이라니 거창한 목표네."

"그러게. 릴리는 작은데도 큰 생각을 하는구나."

점주인 안젤과 종업원 프레사에게는 우리가 무엇을 위해 활동할지 이미 이야기해 두었다.

10억 크람이 필요해서 벌고 싶다는 사실을.

변장하거나 가명을 사용하는 등 언뜻 보기에 수상한 일을 하는 이상 제대로 사정을 설명하지 않으면 착각하기 쉽고, 오해가 겹치다 보면 폐를 끼칠 수도 있으니까.

참고로 격투 대회에 관해서는 말할 수 있는 단계가 아니었기에 전하지 않았다. 이건 10억 크람의 사용처이지 결국 돈이 없으면 움직일 수 없는 안건이니까.

"신경 쓰이면 도와줘도 괜찮은데? 기본적으로 몫은 없겠지만."

나온 주스를 홀짝이며 말하자 안젤은 코웃음을 쳤고, 프레사는 누가 봐도 알 정도로 싸늘한 사교성 미소를 선보였다.

"무보수로 일할 수는 없어. 정책에 어긋나니까."

"마찬가지야. 돈이 궁한 건 아니지만 여유가 있는 것도 아니니까."

그렇군. 그거 아쉽네.

"뭐, 어떻게 움직일지는 리노키스가 결정하는 거니까. 동료를 원한다면 비용까지 포함해서 리노키스가 결정하면 돼."

이들의 대답은 바꿔 말하면 돈만 주면 움직일 수 있다는 뜻이었다.

손을 빌리고 싶을 때도 있을 테니까, 리노키스가 편한 방향으로 움직이면 그만이다.

"나도 가끔 참석할 것 같으니까 그때는 또 부탁해."

교섭은 끝났으니 이것으로 거점 걱정은 사라졌다.

리노키스라면 다소 치안이 안 좋은 골목에서도 별다른 문제는 없을 것이다.

다음으로 힐데트라가 편지를 써준 상회로 향했다.

왕족 귀인 사이에서도 평판이 좋은 대형 점포로, 이곳이라면 정보나 환금, 활동을 고려했을 때 절대적으로 신뢰해도 좋다며 그녀의 보증을 받은 곳이다.

그 이름도 세드니 상회.

이름만은 나도 알고 있었다. 리스톤령에도 지점이 있었으니까. 알투아르 왕국에서 1, 2위를 다툴 정도의 대상회라고 했다.

큰 상회인 만큼 신뢰와 실적도 갖췄다는 거겠지.

"어서 오십시오, 니아 리스톤 님."

왕도에 있는 본점에는 처음 온 것인데 젊은 점원은 나를 알고 있었다. 대형 점포일수록 정보가 모이는 법이니 매직비전도 구매한 걸까.

"책임자를 만나고 싶어. 이건 소개장이야."

"확인하겠습니다. 잠시만 기다려주세요."

편지를 받자마자 젊은 점원은 안으로 사라졌고…… 곧바로 돌아왔다.

"이쪽으로 오십시오."

그리고 곧바로 응접실로 이동했다.

역시 왕족의 소개장. 대화가 빠르다.

이런저런 일로 왕도 안을 돌아다니다 보니 눈 깜짝할 사이에 얼마 남지 않은 여름 방학이 지나갔다.

오늘부터는 2학기다.

……40일이나 되는 장기 휴가는 대체 어디로 간 것인지…… 일만 주야장천 했던 여름 방학이었다.

"그럼 아가씨, 조심하세요."

"리노키스, 너도 조심해."

기숙사 방 안에서 배웅하는 리노키스에게 나도 같은 말을 돌려주었다.

나는 이제 학교 건물로 간다.

조심할 일은 없겠지만, 리노키스는 다르다.

이제 그녀는 학교에서 나가 모험가로 데뷔해 돈을 벌어올 예정이다.

노리는 마수도 정해져 있고, 마수가 사는 부유섬으로 향할 비행선과 모험 준비도 이미 끝났다.

일정은 3일에서 6일.

다음에 리노키스와 만나는 것은 며칠 후였다.

리노키스는 아직 '뇌음'을 습득하지 못했지만, 미완성인 '뇌음'이라고 해도 나름의 위력은 있었다. 표적으로 고른 마수 정도라면 걱정할 필요는 없을 것이다.

노리는 사냥감은 강라(強羅)거북.

쓸데없이 단단하기로 소문난 마수이지만, 뭐 문제없겠지.

생물이란 내장이 가장 약한 법. 겉껍질이 단단한 생물일수록 내용물을 강하게 지키는 법이다. 충격이 내부로 가 버리면 의외로 쉽게 당해버리니까.

한 번의 모험으로 얼마나 벌 수 있는지에 대한 조사도 겸했기 때문에 이번 첫 번째는 매우 중요한 포석이었다.

첫 번째 모험은 앞으로의 돈벌이 기준과 지침이 될 것이다.

2년에 10억이다.

선택지 같은 건 없다.

망설일 여지가 없다, 할 수밖에 없었다.

그런 초등학부 1학년 2학기가 시작되었다.

대략적인 예상이나 예측은 하고 있었다.

하지만 그에 반해 리노키스가 부재함으로 인해 예상외로 움직이기 시작하는 자가 나타났다.

확실히 말해 오산이었다.

"니아 아가씨. 저한테도 연습을 시켜주실 수 없을까요?"

수업이 끝나고 기숙사로 돌아오자 그녀는 아직 그곳에서 내가 돌아오기만을 기다리고 있었다.

오라비의 전속 시녀 리넷이다.

리노키스가 부재인 동안 나를 돌봐달라는 부탁을 받은 그녀가 그런 말을 꺼낸 것이다.

듣기로 리노키스와 그녀는 동급생으로 학교에 있을 때는 같은 모험과에서 파티를 하는 일도 있었다고 한다.

둘 다 2년 전부터 리스톤가에 고용된 시녀다. 그러나 직무형태로 인해 두 사람은 쉽사리 만날 수 없었고 이야기를 나눌 기회도 없었다고 한다.

다시 교류가 시작된 것은 내가 학교에 들어가 기숙사 생활이 된 이후부터다. 나나 오라비가 없는 시간에 만나게 되면서 다시 이야기하게 되었다는 것이다. 분명 잠깐씩 쉬고 있었던 거겠지.

참고로 리노키스와 리넷은 레리아렛의 시녀인 에스엘라와도 만나고 있었고, 세 사람 모두 친분을 쌓았다고 했다.

처음 만났을 때의 리노키스와 에스엘라는 사이가 안 좋아보였는데…… 뭐, 거의 같은 장소에 살면서 싫어도 얼굴을 마주하다 보면 관계도 달라지는 법이다.

내가 모르는 사이에 하인들끼리 정보를 교환하는 커뮤니티가 형성돼 있었던 셈이다.

"연습? 무슨?"

"2년 전 저택에서 뵀을 때부터 아가씨를 주시하고 있었습니다. 목검으로 목검을 베려고 하셨던, 그때부터."

목검으로 목검을……? 아, 그거 말인가.

아직 병으로 몸이 불편할 때 오라비의 검술 훈련에 끼어들어 선보인 그것을 말하는 건가. 그러고 보니 리노키스도 그걸 좋아했었다. 보여달라고 몇 번을 졸랐었지.

"꽤 오래된 이야기를 꺼내는구나."

지금은 이렇게 건강하지만, 그때는 쇠약해져 있던 이 몸에 모든 의식을 쏟아붓고 있었기 때문에 다른 일에 대한 기억은 희박했다.

하루하루가 힘에 겨웠으니까.

"나는 상관없지만, 네 시간이 없지 않아?"

리넷은 오라비의 호위도 겸하고 있다. 장래의 리스톤가 당주의 안전을 유지할 수 있다면 그녀가 강해지는 것은 환영이었다.

하지만 시간이라는 문제가 있다.

리노키스는 나를 따라다니기 때문에 그나마 시간을 내기가 쉬웠다. 여차하면 내가 그녀에게 맞추면 그만이었으니까.

그러나 리넷은 애초부터 붙어 있는 상대가 달랐다.

"닐 님은 매일 늦게 돌아오시고 꽤 일찍 주무십니다. 그 이후의 밤이라면 조금 시간을 낼 수 있습니다."

조금이라.

"게다가 저도 리노키스의 부탁을 받았거든요. 그편이 더 낫습니다."

"리노키스한테?"

"네, 아가씨가 숙제하는 것을 잘 지켜봐 달라고 하더군요."

…….

"그리고 아가씨가 매직비전에서 유해 영상을 보시지 않도록 감시하라는 말도 들었습니다. 밤중에는 제가 마정판을 맡아서 갖고 가겠습니다."

…….

"아가씨가 숙제하시는 동안 저는 연습을 한다. 어떨까요?"

…….

리노키스 녀석! 내가 남몰래 기대하고 있던 모든 것을 망쳐놓다니!

……아니, 뭐, 어쩔 수 없지만.

스승의 명령으로 제자가 애쓰고 있는데 내가 힘내지 않을 수도 없는 노릇이다. 약속이나 규칙 정도는 나도 지키자.

학교에서 나가지 않기, 숙제 제대로 하기, 예습 복습 잊지 않기,

매일 목욕하기, 밤샘하지 않기, 금지된 프로그램은 보지 않기, 매일 아침 머리 빗는 것이 귀찮으면 적어도 묶기.

그리고 곤란한 일이 있으면 레리아렛의 시녀에게 이야기를 전해뒀으니까 그녀를 의지하라는 말도 전해주었다.

리넷은 오라비와 함께 귀인용 남자 기숙사에 살고 있었기 때문에 거리도 있고 야간에는 부를 수 없을 때도 있을 테니까.

다시 생각해 보니 꽤 많은 약속을 해 놓은 상태였다. 그러겠노라 하며 흘려보냈더니 몇 번이나 다짐을 받아서 왠지 모르게 기억하게 되었다.

──알았어. 나는 전부 다 지킬게, 리노키스.

"그거면 됐어. 어차피 내 감시도 겸하고 있는 거겠지? 가능한 한 곁에 있도록 해."

나에게는 '탈주하여 암투기장에 갔다'는 전과가 있었기에 리노키스의 걱정과 경계는 끝이 없을 것이다.

뭐, 오라비의 생활에 지장이 없는 선에서 원하는 만큼 감시하면 그만이다.

거기서 잠시 떠오른 것이 있다.

"리넷은 그거지? 오라버니의 시녀니까 다시 말해 리스톤가 편이라는 거겠지?"

"물론입니다."

"그럼 만약에, 만약이야? 오라버니에게 10억 크람을 바치라는 말을 듣는다면 넌 어쩔 거야?"

"가능한지 불가능한지를 떠나 최대한 가져다 바칠 겁니다."

합격.

주저 없이 대답하는 리넷의 모습에서 리노키스 못지않은 불신감을 느꼈다.

의문도 질문도 하지 않는 것과 시선도 움직이지 않고 표정도 변하지 않고 감정조차 조금도 흔들리지 않는 태도에 오라비를 향한, 무어라 형언할 수 없는 맹신이 느껴졌다.

그렇다면 그녀는 괜찮을 것이다.

앞으로의 여러 일들을 통해 내가 영령이라는 사실을 들킬지도 모르지만, 그녀에게는 들켜도 괜찮다. 오라비에게 무슨 일이 가지 않는 한 특별히 신경 쓰지 않겠지.

이렇게 된 이상 나에게 관련된 자들은 모두 나에게 10억 크람을 바칠 자로서 단련해 주겠다. 도움의 손길은 몇 명이 있어도 좋으니 거절할 이유도 없다.

10억 건은 따지고 보면 리스톤가의 재정 문제다. 이걸 어떻게든 해결해야 한다.

그러기 위해서는 다소의 일에서는 눈을 감아야겠지.

좋아, 그렇게 결정된 이상 제일 먼저 점찍어 둬야 할 간돌프도 끌어들이자.

그렇지, 이 방에서 하기는 좀 좁으니까 수행할 장소로 텐파류의 도장도 빌려달라고 할까.

"물론이죠! 어디든 상관없으니 스승님께서 자유롭게 사용해 주세요!"

다음 날 방과 후.

리넷을 데리고 텐파류 도장을 찾아가 간돌프에게 '수행하고 싶으니 이곳을 빌려 달라'며 장소 제공을 요구하자 두말은커녕 갖다 바칠 기세로 승낙해 주었다.

"좋아, 다들! 오늘은 연습 없으니까 돌아가라!"

"아니, 잠깐."

지금 도장에 있는 애들을 쫓아내면 어떡해. 밤에만 하면 된다. 지금은 그 아이들을 봐줘야지.

"하시는 김에, 정말 겸사겸사, 그냥 마음이 내킬 때만이라도 상관없으니 제 수행도…… 부디……!"

"당연히 괜찮지. 반드시 강해질 수 있는 실전 형식으로, 하나부터 열까지 아주 쉽게 강해지는 방법으로 알려줄게."

"오오, 오오…… 스승님……!"

이 신체 조건. 간돌프는 짐꾼으로 제격이었다. 부유섬에 마수 사냥을 가게 되면 그에게 쌓아둔 마수를 옮겨 달라고 부탁해야지.

짐꾼이 목적이지만 겸사겸사 강해진다면 강해진 만큼 벌어들이면 된다. 물론 그에게도 나쁜 이야기는 아니다. 짐꾼의 보수로 강해질 수 있다고 생각하면.

……실제로도 바탕은 확실히 깔려 있다. 조금만 단련해도 전력이 될 것이다.

"저, 무슨……?"

간돌프의 몸을 만지며 확인했다.

음…… 이 팔뚝 굵기, 허벅지의 단단함…… 바위처럼 단단한 근육 덩어리다. 속도는 전혀 나올 것 같지 않지만, 이것도 나름대로 나쁘지 않다.

리노키스 같은 속도 중시 타입에는 약하겠지만, 그것도 단련하는 방법에 따라서는…… 어쩌면 간돌프는 완전히 뒤바뀔 수도 있었다.

다가올 2년 후의 대회를 위해, 강한 사람은 아무리 많아도 나쁘지 않다. 오히려 있어야 더 달아오른다.

리노키스가 이기길 바라는 마음에는 변함이 없었지만, 대항마가 없으면 보는 사람도 재미없을 테고 리노키스도 단련할 의욕이 나지 않을 테니까.

승부는 접전일 때가 가장 달아오른다. 사투야말로 무의 꽃이다.

"단련시킬 보람이 있을 것 같아서."

"네, 네! 어떤 고행도 혹독한 시련도 견뎌내 보이겠습니다!"

응, 힘내줘.

그렇게 오라비의 시녀 리넷과 정말로 텐파류를 갖다 바칠 것 같은 간돌프라는 든든한 인재를 얻게 되었다.

실버가 셋째 딸 리리미와 2학기가 돼서도 여전히 입회 연습을 요구해 오는 중등학부 사노윌 바도르도 이쪽으로 끌어들일 수 있을 것 같지만 일단은 관망이다. 아무리 그래도 학생에게 돕게 하는 것은 내키지 않았다.

하지만 고민은 하고 있었다.

벌이가 늘어나면 10억 크람도 꿈도 아니었다.

리노키스는 지금 리노키스밖에 할 수 없는 일을 하고 있다. 그래서 나도, 나밖에 할 수 없는 일을 할 생각이다.

그래, 리노키스를 잇는 강자를 이 손으로 키워내는 거다.

나 대신 벌게 하기 위해.

돈을 바치게 만들기 위해.

◆

"——여긴가."

학교에서 나온 리노키스는 가장 먼저 앞으로 자신의 거점이 될 아파트에 왔다.

세드니 상회에서 마련해 준 주거지였다.

메인 스트리트에서 크게 벗어난 좀 혼잡한 주택가.

슬럼가가 없는 알투아르에서는 일반적인 저가 거주지였다. 신출내기 모험가가 쓰기엔 조금 사치일지도 모르는.

이곳에는 사전에 필요한 최소한의 물건들을 옮겨다 놓았다.

검, 나이프, 가죽 갑옷, 로프나 램프 같은 기본적인 도구류. 갈아입을 옷 몇 벌. 침대나 테이블 등 가구는 비치돼 있지만, 딱히 사용할 일은 없어 보였다.

필요한 물건밖에 없는 만큼 방 주인의 취향이나 기호가 보이지 않았다. 생활감이 있는 듯 보이지만 거의 없다.

모험가의 방이기는 하지만 어떤 모험가인지는 알 수 없다. 딱 그런 느낌이다.

여기서부터 시작되는 것이다.

중등학부 모험과를 졸업한 이후의, 2년 동안의 모험가 활동이.

설마 이런 식으로 모험가가 될 거라고는 생각하지 못했는데. 그런 생각을 하며 리노키스는 무구 점검을 시작했다.

"리노키스 씨, 있어?"

머지않아 기다리던 사람이 왔다.

노크 소리에 "들어오세요"라고 대답하자 문이 열린다.

그곳에 있는 것은 최근 인기를 떨치기 시작한 신인 여배우 샬로 화이트다. 차려입지 않은 평상복이라 그런지 평범한 소녀처럼 보였다. 여배우의 풍모는 없다.

"불러서 죄송해요, 샬로 씨. 안으로 들어오세요."

"아, 응…… 리노키스 씨의 사복 차림이라니 뭔가 신선하네."

평소에는 니아 곁에서 시녀복을 입고 있기 때문이었다.

샬로와도 나름대로 안면은 있지만, 리노키스가 공사 중 사적인 부분을 보여준 것은 이번이 처음이다. 시녀의 풍모가 없다.

"그건 그렇고 정말 이사 왔구나."

샬로와의 재회는 우연이었다.

세드니 상회가 마련해 준 아파트에 마침 샬로가 살고 있었던 것이다. 얼마 전 짐을 운반하기 위해 드나들던 중 그녀와 딱 마주쳤다.

그때는 서로 놀랐었다.

"부업이라고 했나?"

"네, 아무래도 돈이 필요한 상황이 생겨서요."

딱 마주쳐버린 샬로에게 리노키스는 사정을 설명했다.

그녀는 리노키스가 니아와 함께 학교에서 기숙사 생활을 하고 있다는 것을 알고 있다. 조금 고민했지만 애초에 고민할 이유가 없음을 깨달은 리노키스는 여기에 있는 이유를 밝혔다.

즉 '돈이 필요해서 부업으로 모험가를 시작해서 벌 생각이다. 이 일은 니아도 알고 있다'라고.

그렇게 설명했고 그녀는 이해했다.

말해도 아무 문제가 없는 것이다. 어차피 정말로 니아의 허가는 받았으니까. 뭐, 그래도 리스톤가의 주인에게 들키게 되는 상황은 좀 무섭지만…… 그렇다 해도 니아의 명령이 최우선이다.

이것에 관해서는 따지고 보면 리스톤가를 위한 것이기도 하므로 리노키스도 납득하고 있었다. 니아가 10억을 원하는 이유도 매직비전 보급을 위해. 즉 리스톤가를 위해서다.

숨기기는 했지만, 실무적으로는 백 퍼센트 사실이었으니 샬로에게 이야기해도 문제없다. 돈의 사용처만 말하지 않으면 그만이다.

그것보다——.

"리노키스 씨가 준 돈으로 대강 준비하긴 했는데 이건 별로 좋은 브랜드는 아니야. 땀이나 비가 오면 쉽게 지워지거든. 연습용이라고 생각하고 사용하는 게 좋아."

"호오."

"마법약을 사용한 것도 있어. 해제약이 없으면 지워지지 않을 정도로 강력하지만 비싸지. 귀인 전용으로 팔릴 정도로."

"……."

때에 따라서는 그것도 필요할지도 모르겠다며 리노키스는 고민했다.

"그럼 바로 시작할까?"

샬로가 곧바로 테이블 위로 펼친 것은 화장 도구 세트였다.

앞으로 리노키스는 '4계급 귀인 리스톤가의 시녀'가 아닌 '신출내기 모험가'로 활동할 것이다.

어느 쪽 일에도 지장이 없도록 다른 사람으로서 행동할 생각이다.

그러므로 변장은 필수적이다.

복장은 당연하고 화장을 사용한 변장도 배워두고 싶다며 고민하고 있을 때, 이 무대의 여배우와 재회한 것이다.

사정을 설명한 것에는 여배우의 메이크업 기술을 배우기 위함이라는 측면도 있었다.

리노키스도 기본적인 화장은 할 수 있었지만 어디까지나 기본적인 것뿐. 그렇게 잘하지는 못한다.

그래서 샬로와 오늘 만나기로 약속했었다.

화장을 가르쳐 달라는 이유로.

"리노키스 씨, 미인이 되어볼까?"

씨익 웃는 샬로.

"살살 부탁드려요. 시간이 별로 없으니까 간단하게 인상만 바뀌는 메이크업이라도 상관없습니다."

미인 같은 건 아무래도 상관없다. 아무튼 변장할 수만 있다면 그걸로 충분——.

"무슨 소리야? 미인이 될 때까지 할 건데?"

샬로는 히죽히죽 웃은 채 낮은 목소리를 흘렸다.

"메이크업은 여자의 무기이자 방어구니까. 어설픈 솜씨로는 도움이 되기는커녕 오히려 마이너스야. 얕보이기만 하지. 그럴 바엔 안 하는 게 나아. 그러니까 한다면 무조건 미인으로 할 거고, 하는 방법도 제대로 철저히 가르치겠어."

그 안력과 배에서 나오는 힘 있는 목소리.

그녀의 진심에 약간의 압력을 느꼈다.

"……하아."

힘들었다.

시간은 얼마 지나지 않았지만 매우 심도 있는 시간을 보낸 기분이었다.

우선 샬로는 설명하면서 리노키스에게 메이크업을 했다.

리노키스도 간단한 메이크업이라면 할 수 있지만, 샬로의 메이크업 기술은 공이 들어갔다. 세밀하고 정확한데다 빠르다. 게다가 말을 하면서도 태연하게 움직인다.

그녀의 손이 닿자 순식간에 얼굴이 밝아지고 인상이 바뀌면서 다른 사람처럼 변해 버렸다.

거울을 보고 "이, 이게 나라고……?!" 하며 자신의 아름다움에 놀란다는 뻔한 전개도 일어났다.

거기까지는 좋다.

문제는 그 뒤다.

이제는 내가 할 차례. 매번 샬로를 불러서 부탁할 수도 없었기에 직접 습득하지 않으면 의미가 없는 것이다. 그렇지 않으면 화장이 무너져도 쉽게 고칠 수 없었다.

자신의 인상을 어렴풋이 남길 정도의 미인을 스스로 재현한다.

이 부분이 정말로 힘들었다.

몇 번이나 실패하고 다시 하고 나서야 간신히 샬로에게 합격점을 받았다.

"요점은 익숙해지는 거야. 익숙해지면 빠르게 할 수 있게 돼. 뭐, 그 부분은 리노키스 씨가 하기에 달렸지만, 이 내가 알려줬으니 미인 외에 다른 사람이 되는 건 허락할 수 없어."

그렇단다.

"그건 그렇고 평소 리노키스 씨는 공을 너무 안 들여. 스타일이 좋으니까 분명히 메이크업이 잘 먹힐 거라고 생각하긴 했는데, 이건 상상 이상이야."

그렇단다.

지금으로서는 꾸미는 것에 관심이 없었기에 미인이니 어쩌니 하는 것은 아무래도 상관없었지만.

뭐, 샬로가 만족했다면 이것으로 됐다.

어쨌든 피곤했지만——아직 낮이다.

아침부터 메이크업 연습을 이어왔지만, 리노키스의 활동은 지금부터가 실전이었다.

이미 좀 피곤했지만, 이제부터 모험가 길드에 가서 등록하고 돈을 벌러 가야 했다.

세드니 상회에서 비행선 준비도 해 두었고 행선지도 정해져 있었다.

"어, 정말? 그럼 감사히 얻어먹을까?"

메이크업을 알려준 답례로 샬로에게 점심을 사주고, 가는 김에 그녀의 권유로 머리 장식도 몇 가지 구매했다.

변장하려면 머리도 바꿔야 한다, 라는 이유에서다.

무대에서 여러 사람으로 분장해야 하는 여배우다운 조언이었다.

아르바이트를 가야 한다는 샬로와 헤어진 뒤 방으로 돌아왔다.

그리고 옷을 갈아입었다.

"좋아."

두꺼운 옷에 일부만 가린 가죽 갑옷. 허리에는 쇼트소드.

실로 엉성해 보이는 장비를 갖추자 순식간에 전형적인 신출내기 모험가가 완성되었다.

"……무거워."

니아의 제자가 된 후로 맨주먹 사용자로 전환한 리노키스에겐 이제 검이 방해물처럼 느껴졌다. 학교에 있던 시절에는 매일같이 휘둘렀었는데.

뭐, 현지에서 벗으면 되겠지.

재빠르게 준비를 마치고 며칠 치의 짐을 챙겨 방을 나섰다.

메인 스트리트를 가로지른 뒤 거기서 살짝 옆길로 들어선 곳에 고풍스러운 간판을 내건 커다란 건물이 있었다.

모험가 길드다.

학교 중등학부에 있을 때는 이곳에 오는 게 꿈이었다.

리노키스는 모험가가 되고 싶었다.

그래서 중등학부 모험과에 들어가 그곳에서 공부한 것이다.

리스톤가에 고용된 것은 졸업한 직후 바로였다. 모험가로서 활동하기 위한 준비 자금을 마련하기 위해 급료가 좋은 주거 일로 응모하였고, 훌륭하게 채용되었다.

업무 내용은 하인의 일 전반과 병에 걸려 당장이라도 죽을 것 같은 아이를 돌봐주는 것.

하루의 구속 시간이 길었기에 급료가 좋았고 리노키스는 일과 병행할 생각으로 근무했다.

그리고 이래저래 시간이 흘러 지금에 이른다.

모험가가 되고 싶었던 당시의 마음은 지금은 거의 없다.

니아 옆에 있는 것이 즐겁다, 이것으로도 충분하다, 그런 생각이 들었으니까.

무엇보다 니아를 돌보는 것 자체가 모험처럼 느껴지는 경우가 많았으니까.

미지의 기술인 매직비전을 중심으로, 모르고 있던 일, 지금까지 인연이 없었던 사람이나 장소, 상황. 그것들을 경험하는 것은 무척 자극적이라 그야말로 모험 같았다.

뭐, 지금에 와서는 뭐든 상관없다.

니아가 앞으로 무엇을 할 것인지, 어디까지 갈 것인지. 그녀가 하는 일이 모두 신경이 쓰여서 옆에서 지켜보고 싶다는 생각이 들었다.

그 니아의 바람으로 자신은 모험가가 된다. 지금의 리노키스는 그거면 충분하다.

"어서 오세요."

문을 열고 길드로 들어서자 접수처 아가씨가 환영해 주었다.

"……."

들어서자마자 나온 살롱처럼 생긴 방 안에는 네 개의 테이블이 있었다. 그곳에 있는, 누가 봐도 모험가처럼 보이는 무리가 거침없는 시선을 보내왔다.

하지만 그뿐이다. 움직이는 사람은 없다.

어느 나라나 옛날 모험가 길드는 조금 살벌했던 것 같은데, 이 시대는 꽤 밝은 분위기가 된 모양이다. 그것도 '평화에 찌든' 알투아르인 만큼 특히나 더.

다른 나라에서는 지금도 부랑배나 다름없는 모험가가 드나들고 눈만 마주치면 싸움이 벌어지는 사나운 소굴이라고 들었다. 뭐, 어느 세상에서나 화려하게 활약하는 사람이 있는가 하면 어떤 사람들은 밑바닥에서 썩어가고 있을 테니까.

모험가는 크게 두 부류가 존재한다.

한쪽은 사냥을 중심으로 활동하는 사냥형.

다른 한쪽은 미개척 부유섬을 조사하는 조사 및 탐색형.

양쪽을 동시에 소화하는 것은 효율이 낮기에 어느 한쪽에 비중을 두고 활동하는 것이 요즘 시대 트렌드였다.

"등록하고 싶은데."

몇 곳 늘어선 접수 카운터 중 환영해 준 여성에게 용건을 전했다.

서른 살쯤 되어 보이는 여자다. 생글생글 웃는 얼굴이 붙임성 있어 보이긴 했으나 방심할 수 없는 기색이 느껴졌다. 아마 그녀도 전직 모험가였고 거친 일에 익숙해져 있을 것이다.

"알았어, 여기 서류를 작성해줘. 동료는 있어? 괜찮다면 소개해줄까?"

"아니, 됐어. 익숙해질 때까지는 혼자 활동할 거야."

술술 써나가면서 대답한다.

"그러게. 당신이라면 혼자라도 괜찮겠지."

"……?"

"강하네."

리노키스가 고개를 들자 그녀가 당돌하게 씨익 웃고 있었다.

이번에는 사교성을 띤 웃음이 아니다.

"신인 수준도 아니고, 멀쩡한 일을 하는 것 같지도 않네. 어디서 왔어? 다른 나라?"

그렇게 보이는 건가, 하고 리노키스는 속으로 고개를 갸웃했다.

아니, 뭐.

확실히 니아의 제자가 된 뒤로는 크게 강해졌다는 생각은 했다. 하지만 비교 대상이 니아밖에 없었기 때문에 그다지 성장하고 있는 실감은 없었다.

그리고 멀쩡한 일을 하고 있는 것은 맞다. 본업은 리스톤가 영애의 전속시녀다.

"이거면 됐어?"

질문에는 대답하지 않고 서류를 내밀었다.

"얘기하고 싶지 않은가 봐? 뭐, 상관없지만. 음…… 리노 씨, 말이지. 모험가 길드에 온 걸 환영해, 리노 씨."

가명인 리노로 등록하고 주의사항을 들은 뒤 등록비를 내고 모험가 증명 카드를 받았다.

이제 어엿한 모험가다.

──세계에 이름을 떨칠 모험가 리노는 이렇게 어이없이 탄생했다.

앞으로의 예정은 정해져 있었지만, 모험가답게 보드를 살폈다.

"흐음."

여기에 의뢰나 업무 서류가 붙고 모험가는 여기서 일을 도급받아 움직이게 된다.

대개는 특정 마수 사냥이나 미개척지 원정이다.

재미있는 것으로는 개나 고양이 찾기, 지하도 유령 찾기, 개인 신변 조사와 경호, 시제 비행선 시승(위험수당 있음). 수상한 마법약 임상 시험, 빚 추심 같은 것도 있다.

신경 쓰이는 의뢰도 있었지만 이미 예정은 잡혀 있었다. 분명 앞으로도 보드에서 의뢰를 찾는 일은 없을 것이다.

리노키스의 활동은 어디까지나 자금 마련이다.

그리고 단기간에 돈을 번다면 수렵 말고는 없다.

"여어, 루키. 찾는 일이라도 있어?"

뒤돌아보자 한두 살 연상으로 보이는, 조금 거친 인상의 모험가 남자가 있었다. ……경박해 보이긴 하지만 사악한 느낌은 없었기에 무시하지는 않기로 했다.

시녀 일 중이거나 사적인 시간이라면 무시하면 그만이지만. 니아에게 접근한다면 배제했겠지만.

지금의 리노키스는 모험가 리노니까.

"사냥할 사냥감은 이미 정해져 있어. 그 밖에 어떤 의뢰가 있는지 보고 있었을 뿐이야."

"호오, 뭘 노리고 있는데?"

"거북."

거북──알투아르 모험가가 말하는 거북은 다시 말해 강라거북을 말한다.

"그거 말인가. 사냥할 줄은 알아? 그건 루키용이 아닌데?"

강라거북은 단단하고 무거워서 싸우기 힘든 마수다. 강하지는 않지만 어쨌든 끈질긴 것이다.

사냥 방법을 모르는 루키가 하기엔 감당하기 벅찬 일이었다.

"그것보다 어때? 우리와 함께 비버를 사냥하러 가지 않을래? 곧 비행선 시간이야."

"미안하지만 패스. 선약이 있거든."

비버──바위 잡이 해리(海狸)로는 돈을 벌 수 없다. 마리당 가격도 저렴하고, 파티로 움직인다면 한 마리의 몫도 줄어든다. 게다가 변장을 들키면 귀찮아진다.

"데이트는 다음에 또 신청해 줘."

가볍게 인사하고 길드를 나섰다.

모험가로 이름을 알리려면 동업자와도 그럭저럭 사이좋게 지내야 했다. 들어오는 정보량도 많아지고 대인 관련 트러블도 줄어든다.

뭐, 신출내기와는 아직 관계없는 이야기니 싸움을 걸지 않는 정도면 충분하다.

"안녕하세요. 니아 리스톤 님의 소개로 온 모험가입니다."

세드니 상회 본점에 얼굴을 내밀어 증서를 보여주었다.

얼마 전 니아와 세드니 상회장이 나눈 거래의 증거인 증서는 신분증 대신이기도 했다. 현재의 목표는 얼굴로만 패스할 수 있을 정도로 이름을 알리는 것이었다.

사정을 미리 들은 것인지 '배가 준비되었으니 항구로 가라'고 하는 종업원의 말에 그쪽으로 향했다.

"그래, 당신이군. 타."

배 앞에서 잠시 쉬고 있던 선장과 합류해 증서를 내밀고, 자신이 기다리던 사람임을 밝힌 뒤 세드니 상회 마크가 들어간 소형 비행선에 올랐다.

선원은 두 명. 선장을 포함해서 셋이다.

객실 수도 적은 소형선이니 아마 기동성 위주의 화물선일 것이다. 큰 배라면 세세하게 움직이기 어렵고 연비도 나쁘기 때문에 이 정도가 딱 좋다.

"주의사항은 다 들었나?"

배를 띄우자마자 키에서 떨어진 선장이 말했다. 한동안은 직진이었기에 키를 잡을 필요가 없었다.

리노키스가 "대략은"이라고 대답하자 선장은 "그럼 다시 한번 가볍게 설명해 주지" 하며 말을 이었다.

"배 전세비와 우리 보수는 50만 크람이다. 하루 늘어날 때마다 십만씩 추가되니까 주의해. 최장 열흘까지는 기다려줄 수 있지만,

열흘이 지나도 안 들어오면 우리들만 그냥 돌아올 거다. 신출내기에겐 벅찬 금액이겠지만 이것도 충분히 싼 금액이야."

리노키스는 고개를 끄덕였다.

알고 있다. 시세라면 배 전세비와 선원 3명만 해도 백만 이상은 할 것이다.

신출내기 모험가들은 다른 동업자들과 합승해 돈을 나누거나 정기선을 이용한다. 개인적으로 배를 소유하거나 전세를 하는 것은 돈이 있는 일부 실력 좋은 모험가 정도다.

세드니 상회의 서비스로 봐야 할까, 아니면 니아에게 잘 보이기 위함인 걸까.

뭐, 어느 쪽이든 상관없다.

어떤 이면이 있든 어차피 리노키스는 할 뿐이니까.

이른 오후 출발한 배는 해가 기울어갈 무렵 목적지에 도착했다.

섬 이름은 메트라 습지섬.

6계급 메트라 가문이 소유하고 있던 습지대 섬이다. 정작 중요한 메트라 가문은 이미 역사 속으로 사라졌지만.

물기를 많이 머금은 땅에 풍부한 수원. 진흙 속에서 기르는 작물은 잘 자라기는 하지만 거주지로는 적합하지 않다고 한다.

"그럼 나머지는 알아서 해. 우리는 늘 이 부근에 있을 테니까 도움이 필요할 때는 언제든지 요청하고. 사양할 필요 없어, 공짜는 아니니까."

그리고 낚시의 명소로 알려진 섬이기도 하다.

항구에 도착하자마자 선장과 선원들이 부랴부랴 낚시 도구를 준비하기 시작했다.

그 모습이 마치 빨리 가라고 재촉하는 것 같아 리노키스는 서둘러 배에서 내렸다.

사람들의 취락이 있는 곳은 이 작은 항구 부근뿐. 배수가 잘 되지 않아 집을 짓기에 적합한 장소가 별로 없다고 한다.

거점은 이곳이다.

목적지도 대충 정해져 있으니 노숙을 할 필요는 없다. 밤에는 이곳으로 돌아와 쉬면 되겠지.

"자, 우선은······."

우선은 숙소 찾기.

현지인에게 지도를 보여주고 섬의 정보를 입수한 뒤, 본격적인 활동 개시다.

체류 기간은 3일에서 5일.

판자를 놓아두기만 했을 뿐인 간소한 길을 한동안 달려 목적했던 물가에 도착했다. 이 섬은 땅이 쉽게 질퍽거려서 그저 다듬기만 해서는 길이 되지 않는다고 했다.

"그럼 해볼까."

허리에 매고 있던 쇼트소드를 풀고 가까운 나뭇가지에 짐을 걸어두었다.

섬에서 움직일 때는 필수라는 해충 방지 크림을 온몸에 바르고 주위를 둘러본다.

목표로 하는 마수는 찾을 필요도 없이 여기저기 굴러다니고 있었다.

강라거북.

뭐, 말하자면 단순히 거대할 뿐인 거북이다.

빠르게 움직이는 것도 아니고 호전적이지도 않다. 머리가 닿는 앞쪽은 물어뜯기 때문에 위험하지만, 뒤에서 노리면 그만인 이야기다.

활발하게 이동하지도 않고 대체로는 이렇게 당당하게 등딱지를 드러내고 일광욕을 즐기는 마수였다.

특징이라고 하면 어쨌든 단단하다.

등딱지도 단단하고 피부도 단단하다. 어설픈 나이프나 검이라면 칼날이 부서진다. 사냥하는 방법을 모른다면 무슨 짓을 해도 상처를 입히는 것조차 불가능했다.

일반적인 사냥 방법이라고 하면 적당한 크기의 구멍에 떨어뜨려 기름을 붓고 불을 지피는 것이다. 도망칠 수 없는 구멍 속에서 거북은 불타 죽는다. 하지만 이 방법은 어디까지나 '사냥만 하는 것뿐'이라 소재로서도 식육으로서도 쓸 수 없게 되고 만다.

다음으로는 독을 쓰는 방법도 있다. 전자보다는 그나마 쓸 만한 소재가 남을까.

결론을 말하자면 거북을 노리는 것은 효율이 낮다.

무기를 사용하면 대부분 부서진다. 독이라면 강력한 것을 준비하지 않으면 죽일 수 없기 때문에 지출이 늘어난다. 함정을 파고 기름을 쓰는 데에도 수고와 시간이 든다. 죽인 후 회수하기도 힘들다.

그리고 지출이나 수고에 비해 그렇게 비싸게 팔리지 않는다.

다시 말해 재미없는 마수로 알려진 것이다.

다만 시각을 바꾸면 오히려 더 편하기도 했다.

막혀있는 부분이 곧 '움직이지 않는 과녁'이니까.

머리 하나 정도는 작지만 필시 무게는 자신의 배 이상일 거북 뒤에 섰다.

자세를 잡고.

호흡을 가다듬고.

재빠르게 발을 내디디며 주먹을 찔렀다.

퍽, 하는 소리가 나며.

"아······!"

리노키스는 신음했다.

아프다. 주먹이 아프다. 철판이라도 후려친 것처럼 아프다.

게다가 당연하다는 듯이 거북은 상처 하나 없고 반응도 없었다. 공격당한 것조차 깨닫지 못하고 있다.

역시 '뇌음'은 나오지 않았다.

하지만 그래도 '기'를 모아 응축시킨 주먹이다. 사람이라면 자칫하면 죽을 정도의 위력은 있었을 거다. 그런데도 전혀 효과가 없다.

"······아가씨······."

이건 무리가 아닐까──리노키스는 울먹이는 눈으로 그런 생각을 했다.

이 거북을 사냥 대상으로 선택한 것은 니아다.

마침 좋은 수행 상대니까 이 녀석으로 삼으라고. 아주 가볍게 말했다.

리노키스도 가볍게 승낙했다.

분명 '기'를 사용하면 쉽게 이길 수 있을 거라 생각했으니까.

주먹이 부서졌나 싶을 정도의 통증을 느끼며 리노키스는 절감했다.

이것은 확실히 수행이구나, 라고.

거북을 사냥할 수 있을 정도로 강해져서 돌아와라.

그런 의미를 담아 니아는 '거북을 노려라'라고 지시한 것이다.

"······이쪽은 아직 이르다는 말이군요."

일단 맞추는 것은 아직이다.

일단은 한 번이라도 '뇌음'을 성공시키는 것.

그 휴가 때 배운 이후로 시간을 내서 동작을 연습해왔다.

하지만 아직 한 번도 쏘아본 적은 없다.

냉정하게 생각하면 연습에서도 성공하지 못했는데 갑자기 살아있는 표적을 향해 맞출 수 있을 리가 없다.

요행수든 우연이든 상관없으니까 어쨌든 한번.

어떤 것인지 체감하고 몸에 기억해 두는 것이다.

그 후로 꼬박 이틀.

"……너 괜찮니?"

매일 녹초가 되어 돌아오는 신출내기 모험가를 숙소의 아주머니는 오늘도 걱정스러운 얼굴로 맞이했다.

메트라 습지섬에 온 지 사흘째 되는 밤.

리노키스는 오늘도 지친 몸을 이끌고 숙소로 돌아왔다.

땀으로 축축하고 피로도 극에 달했다.

이 숙소에는 욕조가 없었기에 따뜻한 물과 수건으로 몸을 닦고 적당히 배를 채우고 나면 침대로 뛰어들 기운밖에 남지 않는다.

도착부터 세면 사흘째 같은 일을 반복하고 있으니 확실했다.

"오늘은 뭐라도 좀 사냥했어?"

매일 아침부터 밤까지 외출해서는 녹초가 되어 돌아온다. 그런 신출내기 모험가의 이틀간 수입은, 0이었다.

아주머니는 숙소비도 걱정이지만 단순히 모험가로서의 실력도 걱정하는 모습이었다.

하지만.

"오늘도 성과 없음!"

어제와 같은 말을 되받아친 리노키스의 얼굴은 오히려 개운했다.

수행에 전념한 보람이 있었다.

간신히 몇 차례 '뇌음'의 발현에 성공했다.

시도 횟수는 만 번을 넘어섰고, 겨우 한 번에 성공해서 그 감각을 잊지 않기 위해 몇 번이고 반복한 결과.

가까스로 50번에 한 번은 나올까 말까 싶은 정도는 됐다.

이제 거북 사냥을 할 수 있었다.

승부는 내일부터다!

——라고 생각했던 시기가 있었는데.

다음 날 기세등등하게 이번에야말로 거북을 사냥할 생각으로 같은 장소에 왔는데.

"······아가씨······!"

시행 횟수 37회.

아무 미동도 없는 거북을 상대로 36번의 실패를 거쳐 겨우 '뇌음'이 성공했다.

벼락같은 소리를 내며 여느 주먹과는 차원이 다른 위력을 지닌 일격이 거북의 등딱지를 직격했다.

하지만.

아무런 반응이 없다.

거북은 움직이지 않았다. 아니, 좀 움직였다. 뭔가 먹이를 찾는 것 같다. 얻어맞은 것 따위는 아무래도 좋은 모양이다. 그보다는 아예 눈치조차 못 챘을지도 모른다. 굴욕이다.

——무리였잖아! '뇌음'으로는 사냥할 수 없잖아! 주먹도 아파!

리노키스는 속으로 그렇게 외치며 귀한 희생을 치를 뻔한 오른 손을 문질렀다. 울먹이는 눈으로.

거북을 사냥하기는커녕 오히려 주먹이 부서지는 줄 알았다.

이 상태로는 '뇌음'을 몇 발이나 날린다 해도 사냥할 수 있을 것 같지 않았다. 좀 더 말하자면 사냥하기도 전에 주먹이 죽을 것이다.

이대로는 안 된다.

다른 의미로 땀이 났다.

오늘내일 중으로는 돌아갈 예정인데 정말 아무 성과 없이 끝날 것 같았다.

아무런 벌이도 없이 오히려 경비로 마이너스.

앞날이 불안해질 정도의 대실패다.

이런 결과를 니아에게 보고해야 한다니. 뭐, 그녀의 성격상 화를 낼 일은 없겠지. 하지만 실망은 시킬지도 모른다. 리노키스에게는 그것이 더 괴로웠다.

포기할 수는 없다.

……하지만 대체 어떻게 해야 하나.

장식인 쇼트소드보다, 다른 그 무엇보다 살상 능력이 높은 '뇌음'. 이것이 통하지 않는다면 리노키스가 쓸 수 있는 수단은 없었다.

이 상태로는 몇 대를 때린다 해도 쓰러뜨릴 수 없을 것이다. 어떻게 해도 대미지가 없으니까. 무작정 되풀이해봤자 내 주먹이 죽을 뿐이다. 자살 행위다.

"어쩌지⋯⋯."

니아의 판단이 틀렸던 것일까, 아니면 단순히 성공한 지 얼마 안 된 '뇌음'의 내공이 부족한 것일까.

아니, 아마 후자겠지.

계획했던 대로 수행의 성과는 나왔다. '뇌음'은 성공했으니까.

니아가 보여준 '뇌음'은 호수의 물을 가를 정도의 위력이 있었다. 그러나 리노키스가 막 습득한 '뇌음'으로는 거기까진 불가능했다.

즉, 단순한 위력 부족. 내공 부족이었다.

하지만 내공이라는 말을 들어도 하루 이틀 안에 어떻게든 될 것 같지는 않았다.

그렇다면.

"⋯⋯원리를 모르겠단 말이지."

뇌리에 떠오르는 것은 그 던전에서 니아가 선보인 발차기를 사용한 '뇌음'이었다.

손을 사용한 '뇌음'이 위력이 부족하다면, 그보다 위력이 높다는 발기술은 어떨까.

니아는 분명히 말했었다.

발차기가 위력은 높지만, 더 어렵다고.

손기술로 가까스로 성공한 것을 그보다 어려운 발로 할 수 있을 리가──그런 생각도 했지만, 다른 수단은 도저히 떠오르지 않았다.

발에 의한 '뇌음'으로 사냥할 수 없다면, 이번에야말로 방법이 없다. 울면서 돌아가게 되겠지.

아니, 그보다 애초에 말이다.

우선 발로 차는 '뇌음'의 원리를 모르겠다. 자세조차 알 수 없었다.

몇 발에 성공한 지금에서야 할 수 있는 말이 있었다.

'뇌음'은 내딛는 속도를 이용해 날리는 것이다. 주먹으로 몸통 박치기를 한다는 이미지였다. 적어도 리노키스는 그런 생각을 해서 성공했다.

그럼 발로는 어떻게 할 것인가?

손기술인 '뇌음'을 분해해 보면.

축이 되는 발에서 시작해 내딛는 발로 힘을 전하고, 그와 동시에 전신을 초속으로 비틀어 속도를 더한다. 연동되는 그 동작들이 주먹의 한 점으로 집중되어 모든 타이밍이 맞물렸을 때 초속운동이 된다.

그리고 그 동작을 '기'로 보조하고, 또 강화하면서 실행하는 것이다.

이것이 리노키스가 도달한 '기권·뇌음'이었다.

설명을 들었을 때는 '그런 어려운 일을 할 수 있을까?'라고 생각했는데…… 의외로 하면 할 수 있구나, 라고 지금은 생각한다.

그럼 이 공정을 발에 적용한다면?

축이 되는 발, 아니면 내딛는 발. 단순히 그중 하나가 사라지는 것이다. 왜냐하면 한쪽으로 대상을 차야 하니까.

그러나 '뇌음'에 성공한 지금이야말로 확실히 말할 수 있다.

둘 중 하나를 뺀다면 절대 쓸 수 없다고.

축이 되는 발과 내딛는 발.

이 둘이 사라지는 것은 있을 수 없는 일이다. 오히려 이 두 가지가 있어야만 '뇌음'이 성립할 수 있었다.

그때는 분명——.

"——발로 차면서 어떻게 발을 내딛어요?!"

그때 던전에서 리노키스는 니아에게 물어보았다.

어떻게 하느냐, 라고.

"'뇌음'을 완전히 이해하고 극에 이르는 것. 이해를 해야 응용을 할 수 있어."

니아는 그렇게 대답했다.

이어서 '이유는 알려주지 않겠다'라고 말한 다음 그것을 날렸다.

니아의 동작은 기억에 새기기 어려웠다.

기억에 새기기 위해 집중해서 바라보아도 마찬가지였다.

그녀의 기술은 아름답다.

놀라울 정도로 동작이 부드러워서 일상적인 움직임에서 기술로 연결되는 지점이 보이지 않는다고 할까. 정신을 차리고 보면 기술이 성립되어 있었다.

정(靜)와 동(動)의 완급이…… 분명 무서울 정도로 빠른 거겠지.

동작을 시작한다는 부자연스러움이 눈에 띄지 않을 정도로. 동작을 날리고 있다는 생각밖에 들지 않을 정도로.

그래서, 그때도 그랬다.

문득 바닥에서 발이 떨어졌나 싶더니 이미 발로 차고 있었다.

걷는 것과 같은 모습으로 이미 슬라임을 차고 있었다.

자세도 없고 '기'를 응축할 새도 없고 살기가 나오는 것도 아닌 상태에서, 정말 평소와 같은 움직임 속에서 발차기를 하고 있었다.

'지금 찰 거니까 잘 봐'라는 서론을 꺼내주지 않으면 놓칠 것 같은 속도였다. 아니, 서론을 들어도 보이지 않았을 것이다. 정신을 차린 뒤엔 이미 끝나 있었으니까.

그녀가 영령이라는 것을 알고 있었으니 원래 그런 건가 보다 생각하고 있었지만…… 너무 굉장해서 그 굉장함을 잘 이해하지 못하고 있었다. '기'를 알아가면 알수록 그런 생각이 들었다. 그녀의 무(武)는 일상에 녹아들어 있다. 그래서 그 연결 지점을 모르겠다. 싸움조차 아무렇지 않은 일상 속에 있는 것처럼 보였다.

저 상태인데도 신체가 완성되지 않았다, '기'의 단련도 부족하다, 승부의 감각도 돌아오지 않았다, 그래서 전성기의 강함에 100분의 1에도 미치지 못한다고 말했다.

아마 거짓말은 아닐 것이다.

거짓말을 할 이유가 없으니까. 만약 허풍이라고 해도 현시점의 강도가 비정상이었기 때문에 이제는 그냥 아무래도 상관없을 지경이다.

얼마나 단련을 거듭해야 저 정도의 경지에 도달할 수 있을까.

……뭐, 그런 생각은 일단 놔두기로 하자.

"아, 그래."

그때 니아의 모습을 떠올리며 리노키스는 깨달았다.

축이 되는 발은 있었다.

너무 빨랐던 탓에 세세한 부분은 기억에 없다…… 그보다 보이지도 않았지만, 축이 되는 발이 남아있었다는 것은 떠올릴 수 있었다.

'뇌음'에는 축이 되는 발과 내딛는 발을 빼놓을 수 없다.

그것을 알고 있는 이상, 그 둘은 어디선가 사용을 했을 것이다. 비록 발차기라도 그 사실은 변하지 않겠지.

그렇게 생각하면――축이 되는 발은 기술의 시작점, 동작 그 자체의 시작점이다. 여기를 뺄 수는 없을 것이다. 실제로 니아도 축이 되는 발은 사용하고 있었다. 이건 확실하다.

그렇다면 내딛는 발을 어떻게 할 것인가 하는 문제가 남는다.

그래.

거기까지 알고 있다면, 좁힐 수 있다.

내디딜 곳이라면 있잖아.

평소에는 땅을 밟고 있지만――내딛는 발 그대로 차면 된다.

"오?"

우선 자세부터 갖춰보았다.

천천히 동작을 확인하고 조정하면서 니아가 보여준 발을 사용한 '뇌음'을 재현해 나갔다.

그러던 중 깨달았다.

생각보다 '기'를 넣기 쉽다. 오히려 손보다 더 부드럽게 다룰 수 있었다.

"······어? 진짜?"

자신도 의외였다.

몇 번의 시도만으로, 성공하고 말았다.

허공이었지만 그 허공을 찰 때 벼락같은 소리가 나 버리고 말았다. 아직도 그 잔향으로 공기가 흔들리는 느낌이었다.

"······발차기 기술이라."

리노키스는 이 순간, 자신이 정말 발차기에 재능이 있는 것이 아닐까 생각했다.

개인적인 호불호가 아니라 재능이라는 의미에서.

──그렇다면.

몇 번이나 연습을 거듭하자 주먹보다 적은 시도 횟수로 발차기를 사용한 '뇌음'이 성공하기 시작했다. 아마 두세 번에 한 번은 낼 수 있을 것 같았다.

아침부터 저녁까지 착실하게 수행한 뒤 다시 한번 거북 뒤에 섰다.

이것이 통하지 않는다면 끝이다.

오늘 밤에라도 비행선을 타고 정말 울면서 돌아가게 되겠지.

돈을 벌기는커녕 마이너스라는 결과를 가지고 돌아가는 것이다. 그런 한심한 꼴을 보일 수는 없었다.

"——홋."

날카롭게 숨을 내쉬고, 원스텝으로 축이 되는 발의 위치를 잡고——온몸을 비틀어 넣듯이 자세를 만들어서, 날린다.

어렴풋이 기억하고 있던 니아의 발차기를 모방한 것이다. 어차피 발차기 궤도 같은 것은 정말로 보이지 않았으니까.

몇 번을 실패하면서 성공한 발차기는 묵직한 충격음을 울렸다.

하늘에 벼락같은 소리가 울려 퍼지는 가운데 빠직, 하는 건조한 소리가 뒤섞인 것 같은 느낌이 들었다.

"아——파아아아아아아아아?!"

그런 느낌이 들었다고 한 이유는 충격을 견디지 못한 리노키스가 뒤로 날아가 버렸기 때문이다. 결과를 확인할 여유 따위 없었다.

습기 찬 바닥을 거칠게 굴러가다가 이윽고 멈춘다.

"아파! 아파앗!"

찬 발——내디딘 발에 느껴지는 격통으로 이리저리 굴러다녔다.

충격음 속에 섞인 마른 가지가 부러진 듯한 소리. 그것은 자신의 다리뼈가 부러진 소리가 아닐까 생각했다.

실제로는……잠시 몸부림치고 있는 사이에 조금씩 통증이 가라앉았다. 간신히 몸을 일으켜 뼈에 이상이 없는지 확인했다.

아무래도 부러지지는 않은 모양이다.

뭐, 아직 아프긴 하지만.

다리를 절뚝거리며 꿈쩍도 하지 않는 거북 곁으로 돌아가자 ──그 마른 소리의 정체가 밝혀졌다.

"……어? 성공, 했네……."

두꺼운 등딱지가 갈라져 있었다.

리노키스가 찬 자리부터 세로로 금이 가고 좌우로 두 동강이 나 있었다.

심지어 거북은 죽어 있었다.

긴 목이 힘없이 축 처져 있고 입에서는 피를 줄줄 흘리고 있다.

니아가 말한 대로였다.

겉은 단단하지만, 내장은 그렇지 않다고.

'뇌음'의 충격이 몸속을 파괴한 것이다.

"……성공했어……."

기쁨은 없었고, 그저 안도의 한숨이 새어 나왔다.

다행이다.

돈보다도, 다른 무엇보다도 니아가 실망하게 하는 결과를 내지 않아 정말 다행이다.

다리의 상태를 살피면서 결국 리노키스는 여섯 마리 정도의 거북을 사냥하는 데 성공했다.

더 하면 진짜 다리뼈가 부러질 것 같아서 여기서 멈췄다.

피로나 컨디션 난조는 집중력의 저하, 나아가 '기'의 조작이나 제어와 관련된다. 지금의 리노키스의 내공으로는 조금이라도 '기'의 조작을 잘못한 순간 빠직, 이었다. 부러진다면 울면서 다리를 절며 돌아가게 되겠지.

피로도 쌓여가고 있었기에 여기서는 경솔하게 굴지 않고 철수하기로 했다.

한번 항구로 돌아가서 기다리고 있던 선장과 선원들을 데리고 다시 사냥터로 돌아왔다.

"오오, 제법인걸."

도착한 뒤로 전혀 성과가 없었던 탓에 선장도 걱정했던 모양이다. 하지만 오늘에서야 겨우 벌이가 나온 것을 보고 그도 기뻐해 주었다.

화물 운반용의 작은 배를 내보내 네 사람이 거북의 사체를 태우고 항구로 실어날랐다. 무리를 해도 세 마리밖에 실을 수 없어서 두 번을 왕복했다.

사냥감 처리를 부탁한 뒤 리노키스는 조금 쉬기로 했다.

방으로 돌아와 따뜻한 물을 부탁하여 수건으로 몸을 닦았다. 오늘도 땀범벅이 되었고 땅을 굴러다닌 탓에 옷도 엉망이었다.

갈아입을 옷은 있으니까 세탁은 돌아가서 하면 되겠지.

잠시 침대에서 선잠을 잔 뒤 이 섬에 있는 모험가 길드에 얼굴을 내밀자, 거북을 해체하고 있다는 창고로 안내받았다.

해체 전문 장인 몇 명이 거북을 손질하는 모습을 선장과 길드 직원이 무어라 상의하며 지켜보고 있었다.

리노키스를 본 선장이 말을 걸어왔다.

"대략 한 마리에 20만 정도라는군. 등딱지가 부서지지 않았다면 30을 줄 수도 있었는데 전부 다 부서져서 말이야."

한 마리에 20만 크람. 뭐, 시세대로였다.

단순 계산으로 120만. 비행선 요금 등의 경비로 대략 백만을 뺀다고 하면 순수한 벌이는 20만 정도인가.

수행 시간을 빼고 실무로만 따지면 반나절도 안 돼 거북 여섯 마리를 사냥한 셈이었다.

반나절에 20만 크람이라고 생각하면 벌이로는 꽤 많은 편이다. 신출내기 모험가가 벌 수 있는 액수는 아니다.

좀 더 말하자면 수행 시간을 포함해 며칠 만에 20만을 벌었다고 생각해도 높은 편이었다.

"어떻게 쓰러뜨린 거예요? 이 정도로 외상이 없는 강라거북 시체는 처음 봐요."

길드 직원의 질문에 리노키스는 웃으며 '비밀'이라고만 말했다.

발로 차서 죽였다 해도 믿지 않을 테니까.

보여달라고 해도 보여주기도 싫고. 다리도 좀 아프고.

"그렇군요. 어쨌든 껍질과 고기로는 조금 더 협상을 보셔도 될 것 같아요. 특히나 상처받지 않은 가죽은 꽤 귀하거든요."

태우거나 삶거나 독을 쓰거나 등등.

거북을 사냥하는 방법은 확립되어 있었지만, 상처 없이 사냥하는 방법은 현재로서는 없었다. 독을 사용하면 고기를 못 쓰게 되고 태우거나 삶으면 껍질과 고기의 질이 나빠진다.

등딱지는 갈라져 있지만, 내장 이외에는 흠집이 없다.

길드 직원은 아니지만, 거북을 사냥해 본 사람 입장에서는 사인과 방법이 궁금할 것 같기도 했다.

물론 모험가가 사냥감의 사냥 방법을 숨기는 것은 당연한 일이었다. 어쨌든 수입과 직결되는 일이었으니까.

그래서 직원들도 깊이 추궁하지는 않았다.

"선장, 거북 처리가 끝나면 왕도로 돌아가자."

리노키스가 돌아가겠다는 뜻을 전했다.

"알았어. 세드니 상회가 전부 인수하는 걸로 알고 있으면 되는 거지?"

"그거면 충분해."

일단 상회에서 인수하고, 그들이 고기나 껍질을 어딘가에 도매한다……라는 흐름이었다. 도매업체 선정과 조정으로 이익을 보는 셈이었다.

개인이 거기까지 하게 되면 수고도 들고 시간도 걸리기 때문에 전부 상회에 맡기게 되었다.

"곧 마무리될 테니까 돌아갈 준비를 하고 이 근처에 있는 배에서 기다려줘. ——이봐, 출항을 준비해!"

선장은 리노키스에게 고개를 끄덕여주고는 떨어진 곳에 있던 선원들에게 지시를 내렸다.

이것으로 모험가로서의 첫걸음이 끝났다.

"이건 기념품."

"……오. 고마워."

해가 지고 어두워질 무렵, 리노키스는 왕도로 돌아왔다.

세드니 상회에 얼굴을 내밀어 이번 거래 종료 절차를 마친 뒤 뒷골목 주점 '어슴푸레한 영서정'에 왔다.

이곳은 모험가 리노의 단골 가게이자 거점 중 하나가 될 예정이었다.

지금은 그저 신출내기 모험가였기에 큰 의미는 없다. 하지만 언젠가 이름이 알려지게 되면 이곳이 바로 리노키스와 리노가 뒤바뀌는 중요한 장소가 될 것이다.

"그게 뭐야?"

카운터에 앉는 리노키스 옆으로 프레사가 찾아왔다.

"기념품이라는데. ……육포인가?"

"강라거북 육포. 술안주로 제격이래."

사는 곳이 습지대 호수 근처인 탓에 거북의 고기에서는 진흙 냄새가 났다.

삶아도 구워도 먹을 수 없는 수준으로 냄새가 나기 때문에 오랜 시간을 들여 비린내를 뺀 다음 오래가는 가공육으로 만든다고 했다.

시식해 보니 고기는 딱딱하지만, 맛은 좋았다. 비린내도 완전히 빠져 있어서 무난하게 먹을 수 있었다.

그래서 기념품으로 사 온 것이다.

단골 술집 마스터와는 개인적으로 사이가 좋다, 라는 인상을 꾸며내기 위해.

"흐음. 나쁘지 않은데."

"아, 나 이거 마음에 들어."

바로 맛을 보는 술집 마스터와 점원.

"안젤, 이거 주문하자. 가게에서 내게."

"가격 나름이지. 이런 변두리 술집에서 고급품은 못 내. 비싼가?"

"관광객용 가격이라는 느낌일까."

"좀 비싸?"

"그렇다면 우리 같은 싸구려 술집에는 어울리지 않겠네. 뭐, 일단 문의는 해볼까?"

공을 튀기듯 오가던 대화가 여기서 한 차례 멈췄다.

프레사가 물끄러미 리노키스를 바라본다.

"갑자기 너무 붙임성 있게 구니까 당황스러운데."

"내 말이. 나도 당황스러워."

이전…… 니아에게 소개받기 전부터 리노키스는 이 술집에 오고 있었다. 그때와 지금의 모습이 너무나도 다르다는 이야기였다.

리노키스 본인도 모르지는 않았다.

제대로 소개받지 않았을 때의 리노키스는 최악의 경우 이곳에 있는 종업원과 손님 모두를 입막음을 위해 죽일 생각으로 왔으니까. 꽤 진심으로.

"입장상 책무라는 게 있어서요."

눈을 가만히 뜨고 냉정하게 말한다.

그 한마디는 리스톤가의 시녀로서의 발언.

하지만 이곳에 있는 것은 단지 신출내기 모험가일 뿐이다, 라는 의미가 담긴 말이었다.

"아, 역시 리노키스네. 혹시 정말 다른 사람인가 했는데."

"화장은 굉장하구나. 전혀 다른 사람 같아."

안젤과 프레사 입장에서는 적대하지만 않으면 문제없었다.

"저기 프레사, 혹시 추천해 줄 만한 화장품 있어?"

"추천? 화장품은 수가 엄청 많으니까 브랜드보다도 용도에 맞추는 게 좋아. 예를 들어 비에 강하다든가 땀에 강하다든가. 장시간용이라든가. 그리고 야전용이라든가?"

"야전?"

"맞아. 침대 위에서 남자랑 싸울 때 쓰는 거."

"호오?"

"이봐, 손님이 부른다. 일로 복귀해."

리노키스는 두 잔 정도 마신 뒤 가게 뒷문을 통해 밖으로 나갔다.

학교의 문은 저녁 이후에는 닫힌다. 관계자도 들어갈 수 없을 정도로 엄격하게 제한되기 때문에 이 시간에는 돌아갈 수 없었다.

그래서 아파트 쪽으로 향했다.

오늘 밤은 저쪽에 묵고 내일 돌아가자.

"누님, 이런 곳에서 뭐 해?"

"놀지 않을래? 놀 거지?"

얽혀드는 깡패들을 부드럽게 달래두었다.

'위험한 메이드'로는 유명했지만, 신출내기 모험가로서는 아직 무명이다. 다른 사람이 되어 움직이고 있으니 처음부터 다시 시작하는 셈이었다.

뭐, 이 역시 이름을 알리는 활동 중 하나. 그들이 이 근처에서 사라지진 않을 수준으로, 살짝 괴롭히는 수준에서 그만두었다. 모험가 리노의 소문을 퍼뜨리기 위해.

그렇게 아파트로 돌아왔다.

자, 이제 어쩔까.

이미 밤이지만 자기엔 아직 이른 시간이다. 배도 고팠지만, 휴대식이 남아있었기에 먼저 정리해 두고 싶었다.

몸을 닦기만 해서 목욕도 하고 싶지만…… 솔직히 꽤 피곤한 상태라 당장이라도 자고 싶었다. 다리도 좀 아프고.

하지만——.

"리노키스 씨."

같은 아파트에 사는 샬로가 찾아왔다.

그녀도 지금 돌아온 것인지, 집으로 돌아가려는 리노키스의 뒷모습을 보고 쫓아온 모양이었다.

"지금 돌아온 거지? 같이 목욕하고 저녁 먹으러 가자. 이 근방은 아직 잘 모르지?"

그녀 나름의 배려였다. 이 근방의 안내도 해주려는 것 같았다.

"조금 피곤해서 이제 자려고요."

내일부터 학교에 돌아가니까 푹 쉬면서 피로를 풀고 싶었다.

목욕은 좀 솔깃했지만 갈 만한 기력이 나지 않았다.

"아, 그래? 루시다 씨도 있어서 같이 가면 좋겠다고 생각했는데."

"가겠습니다."

안 갈 이유가 사라졌다.

'얼음 쌍왕자' 중 한 명인 루시다가 함께라면 안 갈 수가 없다. 동경하는 여배우와 목욕과 식사라니. 꿈만 같다.

"역시 율리안 의장과 루시다 씨의 팬?"

"네, 팬입니다."

매직비전에서 본 멋진 사람들은 실물로 봐도 멋진 사람들이었다. 팬이 안 될 리가 없다.

지난번 이들이 참여한 촬영에서는 눈호강이 지나쳐서 죽을 뻔했다. 방송이 기다려진다.

"내 팬은 아니야? 기대받는 신인 샬로 화이트는 어때?"

"네? 아아, 네, 음, 뭐, 그렇죠. 됐으니까 빨리 갈까요?"

"지금 굉장히 애매하게 대답했지? 뭐, 상관은 없지만. 조만간 더 유명해질 거고. 그때가 되면 미리 사인받지 않은 걸 후회할걸?"

내일부터 학교로 돌아가 다시 기숙사 생활이다.

샬로에게는 한동안 집을 비우겠다고 전해두려던 참이었기에 그녀와 마주친 것은 타이밍이 좋았다.

루시다는 물론이고 율리안까지 참여한 극단 아이스로즈 사람들과 섞여 목욕에 저녁 식사에 술까지 마시러 갔다.

한 명의 팬으로서는 더할 나위 없이 기쁨에 찬 밤이 지나갔다.

모험가 리노의 활동은 이렇게 시작된 것이었다.

리노키스가 돈을 벌러 나간 지 사흘째 되는 날 밤.

"예상으로는 4일에서 5일 정도려나? 최장 일주일 정도 걸릴 것 같아."

오라비 닐의 전속시녀 리넷이 오늘도 방에 찾아왔다.

'리노키스는 언제쯤 돌아올 것 같은가?'라는 물음에 나는 대략적인 예측을 전했다.

날씨 등에도 좌우될 수 있었기에 스케줄은 정확하게 예상할 수 없었다.

"2년 동안 10억 크람이니까요. 느긋하게 굴다가는 무조건 늦을 겁니다."

그녀 역시 내 제자가 되었으니 10억 계획에 관해서는 이야기를 전해두었다.

머지않아 리넷에게도 돈을 벌러 나가게 할 것이다. 나에게 돈을 바치게 만들기 위해 단련시키는 중이다.

다행히 그녀는 바탕이 좋았다.

소질만 있다면 리노키스보다 더 성장할지도 모른다. 실로 단련시킬 보람이 있는 제자다.

그리고 간돌프도 꽤 좋았다. 무엇보다 수행을 힘들어하지 않는 타입이었다. 내 생각보다 실력이 빨리 늘지도 모른다.

리노키스와 경쟁하면서 함께 성장해 나갔으면 하는 바람이다.

……그건 그렇고, 말이다.

"오늘은 꽤 일찍 왔네. 오라버니는?"

아무리 오라비에게 일찍 자는 습관이 있다고 해도 오늘은 너무 이른 것 같았다. 저녁 식사 직후다. 나도 이제 막 식사를 마치고 지금부터 숙제할 참이었는데.

"리노키스가 부재한 동안 니아 아가씨를 돌보고 싶다고 부탁한 뒤로는 시간을 만들어주고 계십니다. 오늘 닐 님께서는 아가씨의 모습을 보고 와도 좋다고, 자신은 방에서 나가지 않겠다는 약속을 해 주셨습니다. 지금은 아가씨와 마찬가지로 숙제를 하고 계실 겁니다."

호오, 그런 약속을.

나라면 무조건 나갔을 것이다. 즐거운 밤놀이를 하러 나가버렸겠지. 아니, 밤놀이라고 하기에는 아직 이른가.

……아니, 안 나간다.

암투기장 일로 완전히 질렸다. 더는 몰래 나가는 일은 없다.

나갈 거라면 당당하게 나가겠지.

"숙제를 마치시면 도장으로 갈까요."

요즘 밤에는 텐파류 도장에 가서 리넷과 간돌프의 수행을 봐주고 있었다.

사실 야간에 기숙사 밖으로의 출입은 허용되지 않았지만, 힐데 트라의 도움을 받아 특별히 허가를 받았다.

학교 부지에서 나가지 않는다, 가는 것은 텐파류 도장, 이 두

가지를 엄수한다면 허용하겠다고 해준 것이다.

이유는 '평소 바쁜 나는 운동을 할 시간이 필요하다'라는 것.

과거 병약했다는 것을 핑계 삼아 더 이상 아프고 싶지 않으니 몸을 단련하고 싶다, 오래전부터 해오던 건강을 위한 단련을 계속하고 싶다고 주장했더니 허락을 해줬다.

거짓말은 하나도 하지 않았으니 문제는 없겠지. 간돌프도 말을 맞춰준 덕분에 한동안은 괜찮을 것이다.

언젠가 문제가 제기될지 모르지만, 그때는 그때 가서.

"숙제가 끝날 때까지 기다려. 아, 먼저 가도 되지만."

"빨리 끝내주세요."

……칫. 리넷이 없었다면 매직비전으로 금지 채널을 봐줬을 텐데.

정말이지 시녀의 감시가 엄격하다. 좀처럼 빈틈이 없다.

그런 생각을 하고 있을 때였다.

"니아! 있어?!"

조금 거센 노크 소리와 함께 오라비의 목소리가 날아들었다.

리넷이 빠르게 문을 열자 오라비가 구를 기세로 들어왔다.

"무슨 일이야?"

뭐지.

오라비답지 않게, 이 여유 없는 모습과 초조함은 뭘까. 예삿일은 아니다. 설마 벌써 여자를 울린 걸까?

"마, 마정판은?! 안 봤어?!"

"어? 뭘?"

숙제에 방해가 되기 때문에 매직비전은 보지 않았다.

어차피 보고 싶은 채널은 못 보잖아. 감시도 엄격하고.

"실버 채널 말이야! 지금 당장 틀어봐!"

오라비가 이렇게 다급히 말할 정도다. 뭔가 대단한 프로그램을 하고 있는 모양이었다.

하지만, 말이다.

"오라버니, 나는 실버 채널 전체의 시청이 금지돼 있어."

보고 싶은 마음은 굴뚝같았지만 허락받지 못한 것이다.

"오빠로서 특례를 인정할게! 나중에 아버님께도 보고해 놓을 테니까 지금 당장 봐줘! 리넷, 켜줘!"

아무래도 정말 예삿일이 아닌 듯했다.

리넷은 아무 말 없이 마정판을 꺼냈고 나는 펜을 놓았다.

생각하는 것은 똑같았다──지금은 오라비의 말대로 해야 한 다고.

그리고 곧 마정판에 선명한 경치가 비쳤다.

방송이 끝났다.

끝날 때까지 푹 빠져 보고 말았다.

"……너무 빨라……."

끝난 뒤, 나는 그 말밖에는 할 수 없었다.

해냈구나, 실버령.

얼마 전 종이 연극 기획을 도난당한 지 얼마 지나지 않았음에도 빠르게 형태를 완성해 버렸다.

지금 실버 채널에서 방송된 것은 종이 연극이다.

영상은 그림과 목소리와 소리뿐.

지금까지 없던 형태의 영상은 보는 이를 끌어들이는 미지의 힘이 있었다. 그것은 그림의 힘, 그 리클비타가 가진 재능의 힘일까.

이것은 직감이다.

아무런 확증도 없는 직감이지만…… 아마 오라비도 같은 생각을 하고 있을 것이다. 그래서 이렇게 여동생 방까지 찾아온 거겠지.

분명 왕성에서 힐데트라도 같은 생각을 하고 있으리라.

그렇다.

방금 본 종이 연극은, 대박 기획이었다.

내 개 관련 기획 따위는 희미하게 느껴질 정도로 대박이다. 분명, 아니 무조건 유행할 것이다.

놓친 물고기는 더욱 컸던 모양이다.

정말 강함만으로는 뜻대로 되지 않는 성가신 시대였다.

후기

이번 여름에 엄청 꼬리가 긴 도마뱀 사진을 찍었습니다.

안녕하세요, 미나미노 우미카제입니다.

2023년 8월 이 후기를 쓰고 있습니다. 올여름도 덥습니다. 하지만 이 소설이 서점에 들어갔을 무렵에는 분명 시원해져 있겠죠.

감사하게도 3권째입니다.

3권입니다, 3권.

3권 하면 그겁니다. 드래곤퀘스트로 치면 초명작 드래곤퀘스트3이라는 느낌입니다.

이제는 모르는 사람도 많은 레트로 하드 패밀리 컴퓨터로 출시된 소프트웨어로 수차례 리메이크되어 지금도 게이머들의 사랑을 받고 있는 드래곤퀘스트 시리즈 굴지의 명작 중 하나입니다. 놀이꾼이 전직하면 현자가 된다, 라는 것도 여기서 시작된 것이 아닐까요.

그러니까 실질적으로 이 책은 드래곤퀘스트3이라는 겁니다. 그렇게 생각하면 대단하지 않나요? 이 책은 드래곤퀘스트3이었던 겁니다. 뭐, 실제로는 아니지만요.

사실 이번 권부터 일러스트레이터분이 바뀌었습니다.

일러스트를 담당하고 있던 지샤쿠 선생님이 줄곧 컨디션이 좋지 않으셨던 모양입니다. 도저히 계속하기 어려워져서 교체되었습니다. 2권 동안에도 꽤 애써주셨던지라…….

무척 아쉽지만 어쩔 수 없는 일이겠지요. 다시 함께 일할 수 있게 된다면 좋겠습니다.

이어주신 분은 카타나 카나타 선생님입니다.

지금까지도 라이트 노벨 일러스트를 담당한 적이 있는 분이셔서 그림을 본 적 있는 분들도 많을 것 같습니다. 아주 근사한 일러스트를 그리시는 분입니다.

앞으로 잘 부탁드리겠습니다.

9월 초에 만화책 2권이 발매됩니다.

원작보다 더 재미있어서 제 안에서는 화제의 만화입니다. 아직 확인하지 않으셨다면 꼭 읽어보세요.

특히 10화. 4페이지에 달하는 리노키스의 아이처럼 떼쓰는 모습. 실로 훌륭합니다.

코다이 선생님, 항상 재미있는 만화를 그려주셔서 감사합니다. 다음 이야기도 기대하고 있겠습니다.

담당 편집자 S님, 이번에도 많은 신세를 졌습니다.

이번에는 새로 쓴 부분이 많아 의견을 많이 받았습니다. 무사히 책으로 나올 수 있어 안심했습니다.

앞으로도 잘 부탁합니다.

마지막으로 독자 여러분.

여러분들 덕분에 이렇게 3권이 완성될 수 있었습니다.

3권 하면 그겁니다. 드래곤퀘스트로 말하면…… 뭐, 이 이야기는 이제 됐겠죠.

대단히 감사하게도 여기까지 낼 수 있었습니다.

감사합니다.

계속 이어지길 바라는 마음으로 저도 열심히 하겠습니다.

그럼, 아마도 나올 4권에서 다시 만나요!

『흉란영애
니아 리스톤』
제4권 예고!

Nia Liston

아가씨, 나라를 빠져나가 마수토벌로 떼돈 벌이!

거국적인 격투 대회를 개최하기 위해 10억 크람이라는
거금을 확보해야 하는 상황에 놓인 니아.
표면적으로 왕국에서 움직이기엔 얼굴이 너무 알려진 니아가
선택한 것은 이웃나라 반돌루즈에서의 마수 사냥이었다——!

Kyoran Reijiyou Nia Liston 3
Byojyaku Reijiyou ni Tenseishita Kamigoroshi no Bujin no Kareinaru Musouroku
©Umikaze Minamino
Originally published in Japan in 2023 by HOBBY JAPAN CO., Ltd.
Korean translation rights ©2024 by Somy Media, Inc.

흉란영애 니아 리스톤 3

2024년 3월 15일 1판 1쇄 발행

저　　　　자	미나미노 우미카제
일 러 스 트	카타나 카나타
캐릭터디자인	지사쿠
옮　긴　이	이소정
발　행　인	유재욱
이　　　　사	조병권
출판본부장	박광운
편 집 1 팀	박광운 최서영
편 집 2 팀	정영길 조찬희 박차우 정지원
편 집 3 팀	오준영 권진영 이소의
디자인랩팀	김보라 박민솔
디지털사업팀	박상섭 김지연 윤희진
라이츠사업팀	김정미 맹미영 이윤서
영업마케팅팀	최원석 박수진 이다은
물 류 팀	허석용 백철기
경영지원팀	최정연
인쇄제작처	㈜코리아피엔피
발　행　처	㈜소미미디어
등　　　　록	제2015-000008호
주　　　　소	서울시 마포구 토정로222, 403호 (신수동, 한국출판콘텐츠센터)
판매 및 마케팅	(070) 8822-2301

ISBN 979-11-384-8233-2 04830
ISBN 979-11-384-8008-6 (세트)